江西诗派作品选

胡守仁
胡敦伦
选注

江西教育出版社
JIANGXI EDUCATION PUBLISHING HOUSE
·南昌·

赣版权登字-02-2024-006

图书在版编目（CIP）数据

江西诗派作品选 / 胡守仁, 胡敦伦选注. -- 南昌 : 江西教育出版社，2024.3
（江西诗派经典选本丛书）
ISBN 978-7-5705-4061-7

Ⅰ. ①江… Ⅱ. ①胡… ②胡… Ⅲ. ①古典诗歌－诗集－中国 Ⅳ. ①I222

中国国家版本馆CIP数据核字（2024）第004754号

江西诗派作品选
JIANGXI SHIPAI ZUOPIN XUAN
胡守仁　胡敦伦 选注

江西教育出版社出版
（南昌市学府大道299号　邮编：330038）

各地新华书店经销
江西赣版印务有限公司印刷
880毫米 × 1230毫米　32开　10.125印张　220千字
2024年3月第1版　2024年3月第1次印刷

ISBN 978-7-5705-4061-7
定价：78.00元

赣教版图书如有印装质量问题，请向我社调换　电话：0791-86710427
总编室电话：0791-86705643　编辑部电话：0791-86705903
投稿邮箱：JXJYCBS@163.com　网址：http://www.jxeph.com

前言

诗发展至唐，已登上了一个高峰，成为诗的黄金时代。经五代而至宋,中间出现近百年萎靡不振的局面。即以宋初论，西昆体盛行一时，它是专尚艺术技巧而内容贫乏的形式主义文学。欧阳修、梅尧臣、苏舜钦同时并出，一洗西昆体绮靡纤巧的作风，诗歌走上了正轨。他们在接受唐诗传统的基础上呈现着自己的面貌，宋诗从此开端。至苏轼、黄庭坚，各以己意为诗，使宋诗独立于唐诗之外，与之媲美，后先辉映。苏黄诗具有不同的风格，晦斋《简斋诗集引》里转述陈与义的话说:“东坡赋才也大，故解纵绳墨之外，而用之不穷；山谷措意也深，故游泳玩味之余，而索之益远。”但山谷的影响尤为深远，严羽《沧浪诗话》说是“法席盛行，海内称为江西宗派”。这是由于东坡才气横溢，挥洒自如，举重若轻，触处生春，非人力可至,故向他学诗的人不多。而山谷的诗全由学力,有轨迹可寻,加之他乐于以作诗方法教人，人亦愿从之学，故成就后生不少。后生们又产生影响,气味相同的作者更多了,于是吕本中有《江西诗社宗派图》之作。它以山谷为祖师，下列陈师道等二十五人。其影响并未就此完结，而仍然继续着。关于二十五人的姓名，在几种书中稍有出入，很难说哪一种书所列是属于吕本中原定的。我这个选本以赵彦卫《云麓漫钞》所列名单为依据，而除去其中无诗的潘大观，诗绝少的江端本、杨符、林敏功，得二十一人，即陈师道、潘大临、谢逸、洪朋、洪刍、饶节、祖可、徐俯、林敏修、洪炎、汪革、李錞、韩驹、李彭、晁冲之、谢薖、夏倪、王直方、善权、高荷、吕本中，外增黄庭坚、惠洪、曾幾、陈与义四人，共二十五人。

方回又有“一祖三宗”之说，强调山谷、后山、简斋在诗派中的重要地位。他说：“老杜之后有黄陈，又有简斋，又其次则吕居仁之活动，曾吉甫之清峭，凡五人焉。”(《瀛奎律髓》)五人之外，还有谢逸、惠洪、韩驹、晁冲之成就较高。这个选本中他们的作品选得较多，其他的人偏少，共得二百六十三首。

山谷诗的成就主要在艺术性方面，但思想性并不像某些人所说的那样缺乏现实内容，是形式主义甚至反现实主义的文学。他把孝悌忠信看作学问文章的根本，说要“养以敦厚醇粹，使根深蒂固，然后枝叶茂耳”(《与洪甥驹父》)。又为杨明叔指出，“文章者，道之器也；言者，行之枝叶也”(《次韵杨明叔四首·序》)。他最敬仰陶渊明，是因为渊明的人品高，故诗亦高，所以说：“凄其望诸葛，骯髒犹汉相。时无益州牧，指挥用诸将。平生本朝心，岁月阅江浪。空余诗语工，落笔九天上。”(《宿旧彭泽怀陶令》)可见所谓形式主义甚至反现实主义文学是臆说。山谷强调读书，也有两方面的用意，同时吸取思想与艺术的营养。在《与徐师川书》里说："诗政欲如此作，其未至者，探经术未深，读老杜、李白、韩退之诗不熟耳。"这样一类的话他还有的是。但他于思想与艺术两者之间还是比较侧重后者。在反映现实方面，对于社会不合理现象，要以婉讽为主，不赞成"怒邻骂坐"。作者"与时乖逢"，"情之所不能堪"，因发之吟咏，使"闻者亦有所劝勉"（《书王知载朐山杂咏后》），足见他不是取消诗歌的批判作用，而是要注意表达方式，使听者容易接受，收到实效。在通过读书吸取艺术营养一点上，他提出"点铁成金"与"夺胎""换骨"的说法。不少人对此产生错误的理解，王若虚竟斥为"剽窃之黠"（《滹南诗话》）。现在几种通行的中国文学史也集矢于此。其实，山谷原意，质言之，就是推陈出新。他说："学之又不可不知其曲折"，"又不可守绳墨令俭陋"。（《答洪驹父书》）一方面要遵循文章的法度，向古人学习；另一方面又要于古人法度之外，有自己的创造。他最反对蹈袭古人，依样画葫芦，所以说："楚宫细腰死，长安眉半额。比来翰墨场，烂漫多此色。"（《寄晁元忠十首》其五）吕本中深知其意，提出所谓"活法"，即"规矩备具，而能出于规矩之外"，并指出"近世惟豫章黄公……毕精尽知，左规右矩，庶几至于变化不测"（《夏均父集序》）。又提出所谓"悟入"，"悟入必自工夫中来，非侥幸可得"，这也唯有"鲁直之于诗，盖尽此理"（《童蒙训》）。陈与义说得更为简要："要必识苏黄之所不为，然后可以涉老杜之涯涘。”（晦斋《简斋诗集引》转述）这也就是袁枚所谓“山谷学杜而不类杜”的意思。山谷这个推陈出新的主张，为江西派诗人所继承，除上述吕本中、陈与义外，还有陈后山的“换骨”，韩驹与曾幾的“参禅”，都是同一关捩子。所以后山说，作诗要有法有巧，“法在人，故必学，巧在己，故必悟”（《后山谈丛》）。子苍说：“学诗当如初学禅，未悟且遍参诸方。一朝悟罢正法眼，信手拈出皆成章。”（《赠赵伯鱼》）茶山说：“工部百世祖，涪翁一灯传。闲无用心处，参此如参禅。”（《东轩小室即事五首》其四）后山、子苍同吕本中一样都讲悟，而悟“以渐不以顿”，“在工夫勤惰间”，山谷说的“充之以博学”，道理与此相通。博学才能悟入，悟入之后，才能未尝似前人而卒与之合，随心所欲不逾矩。至于其他江西派诗人，虽然没有议论及此，但基本上是以之指导自己的创作实践的。

山谷最推尊杜甫，诗亦学杜，这自有其渊源。他的父亲亚夫、外舅谢师厚，诗都是学杜的，山谷深受其熏陶。杜甫处在动乱的时代，又颠沛流离，出入乱兵间，亲眼所见，无非山河破碎，生灵涂炭，所以诗的现实性非常强。而山谷所处的时代，有一个清平的假象，他与社会现实又接触较少，这就局限了他的诗歌的思想内容，但仍然具有一定的现实性。它反映了当时新旧党之争，并提出调停的意见：“人材包新旧，王度济宽猛”，（《次韵子由绩溪病起被召寄王定国》）“闭奸有要道，新旧随才收”（《再作答徐天隐》）。他在太和令任上，勤恤民隐，为赋盐下乡调查，写下“民病我亦病，呻吟达五更”（《己未过太湖僧寺，得宗汝为书寄山蕷白酒，长韵寄答》）的诗句。他还站在自己民族的立场，为当时用兵讨伐吐蕃首领鬼章青宜结的叛乱取得胜利而欢呼：“汉家飞将用庙谋，复我匹夫匹妇仇。真成折棰禽胡月，不是黄榆牧马秋。”（《和游景叔月报三捷》）

韩愈主张“陈言务去”“词必己出”，山谷作诗，即奉此为圭臬。他说过“老杜作诗，退之作文，无一字无来处”（《答洪驹父书》）的话。任渊指出，他的诗“一句一字有历古人六七作者”（《黄陈诗集注序》），但组合起来，表现了他自己特有的意义。他也欢喜用典，但往往赋予它新的内容。如：

> 爱酒醉魂在，能言机事疏。平生几两屐，身后五车书。物色看王会，勋劳在石渠。拔毛能济世，端为谢杨朱。（《和答钱穆父咏猩猩毛笔》）

“几两屐”系阮孚事，“五车书”系惠施事，山谷用之于猩猩，皆借人以咏物。杨万里称之为“用古人语而不用其意，最为妙法”（《诚斋诗话》）。王士禛也高度评价，说是“超脱而精切，一字不可移易”（《分甘余话》）。又如：

> 春风春雨花经眼，江北江南水拍天。（《次元明韵寄子由》）

杨万里指出，“春风春雨”“江北江南”，诗家常用，“花经眼”，出老杜《曲江》，“水拍天”，出退之《题临泷寺》，两相配合，俨如天造地设，妙手偶得。又如：

管城子无食肉相，孔方兄有绝交书。(《戏呈孔毅父》)

“管城子”出韩愈《毛颖传》，“食肉相”出《后汉书·班超传》，“孔方兄”出鲁褒《钱神论》，“绝交书”出嵇康《与山巨源绝交书》，几个词相结合，意思生新，警策之至。

韩愈作诗，运用古文笔法，山谷则往往把古文笔法用之于律诗。如：

今人常恨古人少，今得见之谁谓无？(《追和东坡题李亮功归来图》)

兀傲之气，溢于言表。又如：

青玻璃盆插千岑，湘江水清无古今。何处拭目穷表里，太平飞阁暂登临。(《太平寺慈氏阁》)

四句一气鼓荡，笔势奇纵。上例有拗有救，尚不大背正格，下例平仄完全不合。一、二句俱六平一仄，也不对，三、四句又失黏，真所谓不为律缚者。

律诗定型于沈佺期、宋之问，规矩很严，一点不能错乱。自杜甫创作拗体，规矩被打破了。杜甫的一百五十首七律中拗体约二十首，拗体诗中又有失黏与失对的。山谷的二百八十六首七律中拗体约四十首，其中失黏与失对的也不少，这都是有意学杜甫的。应该说，山谷诗的兀傲风格，主要表现在七律里，而他的七律多拗体，拗体与兀傲风格之间是有联系的。

方东树《昭昧詹言》说山谷诗于句上求远。我以为这主要表现在：一、比喻新奇。如："此君倾盖如故旧，骨相奇怪清且秀。程婴杵臼立孤难，伯夷叔齐采薇瘦。"（《寄题荣州祖元大师此君轩》）二、以物为人，即所谓拟人化。如："春去不窥园，黄鹂颇三请。"（《次韵张询斋中晚春》）三、立意奇特。如："能令汉家重九鼎，桐江波上一丝风。"（《题伯时画严子陵钓滩》）四、句法特殊。如："本心如日月，利欲食之既"（《奉和文潜赠无咎，篇末多以见及，以"既见君子，云胡不喜"为韵》）、"石吾甚爱之"（《题竹石牧牛》）。"既""石"都另读，或在句尾，或在句首。又如"眼中故旧青常在"（《次韵清虚》）、"春不能朱镜里颜"（《次韵柳通叟寄王文通》），把"青眼""朱颜"都拆开来用。五、对仗工巧。如："谁谓石渠刘校尉，来依绛帐马荆州？"（《次韵马荆州》）两句作一句读，亦称流水对。如："头白眼花行作吏，儿婚女嫁望还山。"（《次韵柳通叟寄王文通》）两句相对又当句对。

综合以上诸特点，形成山谷诗瘦硬生新的艺术风格，这是他所独有的，在中国诗歌史上写下新的一页。

陈后山诗学山谷，山谷本学杜，故他也学杜。他在《答秦觏书》里说：

仆于诗初无师法，然少好之，老而不厌，数以千计。及一见黄豫章，尽焚其稿而学焉。

他的门人魏衍也说他“见豫章黄公庭坚诗，爱不舍手，卒从其学”（《彭城陈先生集记》）。朱弁《风月堂诗话》又记载他与晁以道论诗，他说：“吾此一瓣香，须为山谷道人烧也。”足够表明后山诗渊源于山谷。

后山于诗苦心孤诣，山谷说他“闭门觅句”，他自己也有过“此生精力尽于诗”（《绝句》）的话。所以他的诗卓有成就，与山谷齐名，并称黄陈。山谷对他的诗赞不容口，说“今之诗人不能当也”（《答王子飞书》），今之诗人“无出陈师道”（《冷斋夜话》）。又经常叫后生们去向他求教：“试问求志君，文章自有体。玄钥锁灵台，渠当为公启。”这是对秦觏说的。“公有意于学者，不可不往扫斯人之门”，这是对王子飞说的。

后山自认为“仆之诗，豫章之诗也”，从渊源说，这话是对的。但他又指出，山谷“学少陵而不为”，他自己也是学山谷而不为的。但这不是说，他的诗最后与山谷诗画若鸿沟，而是变化之中包含着山谷诗的影子。他的诗与杜甫诗的关系也是如此。

后山阅世较浅，只做了几任州教官，终于秘书省正字，所以他的诗内容不够广阔，反映现实的更寥寥无几，而且多是从侧面反映。熙宁、元丰年间起，政治上有新旧党之争。苏东坡属于旧党，受新党的排挤，几度贬谪。绍圣四年（1097），由惠州徙儋州。在儋州时，后山为他写了一首《怀远》诗。前四句道：

海外三年谪，天南万里行。生前只为累，身后更须名？

东坡因有大名招忌，坐致窜逐。后山对他之为名所累，表示惋惜和同情，而对新党的憎恨自在不言中，党争的激烈也就从侧面反映了出来。

后山家境清贫，无力赡养妻子，把他们寄居外家，也无甘旨奉其老母。他说："某羁孤百出，度越半生，方寄食于游从，期转死于沟壑。母子不保，更怀喜惧之私；夫妇相望，限以河山之阻。"(《谢徐洲教授启》)窘迫至此，可谓惨极。《送内》云：

麀麌顾其子，燕雀各有随。与子为夫妇，五年三别离。儿女岂不怀？母老妹已笄。父子各从母，可喜亦可悲。关河万里道，子去何当归？三岁不可道，白首以为期。

与妻子别离次数如此之多，地方如此之远，又归期难卜，其情之所不能堪，可以想见。又《别三子》云：

有女初束发，已知生离悲。枕我不肯起，畏我从此辞。大儿学语言，拜揖未胜衣。唤爷我欲去，此语那可思！小儿襁褓间，抱负有母慈。汝哭犹在耳，我怀人得知？

诗写三个儿女离别时的情态，作者当之，何以为怀！我们不是从中可以听到呜咽之声吗？卢文弨《后山诗注跋》指出，后山诗“醰醰乎有醇味，其境皆真境，其情皆真情”，他为妻子离别写的诗，不更见得是如此吗？

后山受杜甫、山谷影响的诗随处可见，如：

巴蜀通归使，妻孥且旧居。深知报消息，不忍问何如。身健何妨远，情亲未肯疏。功名欺老病，泪尽数行书。(《寄外舅郭大夫》)

信使来报消息，本是可喜的事，却又怕问，写诗人得到郭书的矛盾心理，曲尽其妙。这显然是从杜甫“反畏消息来，寸心亦何有”(《述怀》)化出。通篇“情真格老，一气浑成”，纪昀早有定评了。《宿齐河》云：

烛暗人初寂，寒生夜向深。潜鱼聚沙窟，坠鸟滑霜林。稍作他方计，初回万里心。还家只有梦，更着晓寒侵。

诗写仕不得已的心情，夜不能寐，连还乡梦也做不成，想见其辗转反侧之苦。意思沉着，笔墨苍老，置之杜集，可乱楮叶。《咸平读书堂》，为朱智叔而作。其中写儒生入仕后，不再从事文墨，一味谄媚权贵，独朱智叔与之异趣，为官不为所缚，诗书自娱，心境萧闲，而为政不扰，人民得遂其生。遣词措意，颇近山谷。《宿深明阁二首》其一云：

窈窕深明阁，晴寒是去年。老将灾疾至，人与岁时迁。

默坐元如在，孤灯共不眠。暮年身万里，赖有故人怜。

这是怀念山谷之作，感情真挚，语意深切。五、六句写闭眼默念，宛与山谷相接，定睛之后，才知道独个儿对着孤灯，真是一篇的警策，纪昀称之为“后山独造”。《除官》云：

扶老趋严召，徐行及圣时。端能几字正，敢恨十年迟？肯着金根谬？宁辞乳媪讥？向来忧畏断，不尽鹿门期。

后山除秘书省正字，作此诗。中间两联用了三个典故：一、刘晏除秘书省正字，唐明皇问他，“正得几字？”二、韩昶为集贤校理，史书上的金根车他都改为金银车。三、何承天除著作佐郎，年已老，其他佐郎都年少，荀伯子戏呼之为媪母。三典用得精切，第三句尤天然巧合，得未曾有。试与山谷《和答钱穆父咏猩猩毛笔》比照一下，可以看出彼此之间的关系。

总之，后山诗取径于杜甫、黄山谷，深有所得，但不为他们所囿，能自成家数。诗的风格多样化，而最为突出的是清淡峭拔，在江西派中居于很重要的地位。

谢逸与其弟谢薖称二谢，但诗歌成就弟不如兄。惠洪《冷斋夜话》称山谷读逸诗，许为晁无咎、张耒之流。他的《王立之园亭七咏·大裘轩》写冬天早晨太阳光射入东窗之后：

薰然四体和，恍若醉春醲。此法秘勿传，不易车百辆。

这是暗用《列子·杨朱》篇所载宋国田夫负日之暄，欲献于其君的典故而变化出之。然后入大裘轩，轩亦东向，方之于此取暖。结语说：

但观名轩心，人人如挟纩。

用不着照太阳，观轩名就好像暖被四体，这对立之这个穷人来说，无异画饼充饥。如此言穷，真是别开生面，入木三分。《豫章别李元中宣德》写他与元中初相识于洪州，而赞元中学道得其要，但因仕途贤不肖倒置，故思隐退，而作者仍以大用期之。最后以元中来访作结，盖二人行藏虽不同，而交谊则深。中间“老凤垂头噤不语，古木槎枒噪春鸟”二句，极为山谷所赏。“向来闻道渺多歧，只今领略归玄妙”二句，也是化用山谷的“八方去求道，渺渺困多蹊。归来坐虚室，夕阳在吾西”。《寄徐师川》中间二联云：

相望建业只千里，不见徐侯今七年。江水江花同臭味，海南海北各山川。

写与徐师川离别之久，二人气味相投，而江山远隔，何以为怀！显然可以看出上联与山谷“舞阳去叶才百里，贱子与公皆少年”、下联与山谷“春风春雨花经眼，江北江南水拍天”之间的关系来。通篇造语措意，警拔超俗，亦于山谷为近。谢逸曾作过《蝴蝶诗》三百首，传诵一时，人称“谢蝴蝶”。

洪朋、洪刍、洪炎，都是山谷的外甥，并受教于山谷，山谷称朋“笔力可扛鼎，它日不无文章垂世”(《书旧诗与洪龟父跋其后》)。人或以朋诗酷似其舅许之(周紫芝《书老圃集后》)。如《送谢无逸还临川》，意深格老，得力于山谷，句法亦往往似之。“春来入诗垒”，学山谷“秋来入诗律”；“平生六艺耕”，学山谷“把笔耕六籍”；至如“起予虞帝韶，和汝秦人缶”，属对精巧，更是山谷的作诗法门。《宿范氏水阁》云：

枕水凿疏棂，云扉夜不扃。滩声连地籁，林影乱天星。人静鱼频跃，秋高露欲零。何妨呼我友，乘月与扬舲。

诗写夜宿水阁的耳闻目见，人静物呈，独揽其妙，“林影乱天星”，着一“乱”字，真写活了。据《王直方诗话》，他的《独步怀元中》第三句，原作“琅珰严佛界”，山谷改为“琅珰鸣佛屋”，与下句“薜荔上僧垣”，一动对一静，又“鸣”字与第五句“时雨”相关联，改得多好。从这里可以知道洪朋平日从山谷那儿得到的教益。

洪刍在三洪中，据《后村诗话》称，“诗尤工”。如“关山不隔还乡梦，风月犹随过海身”一联，陆游极为欣赏(见《老学庵笔记》)。《次山谷韵》云：

宝石峥嵘佛所庐，经宿何年下清都？海市楼台涌金碧，木落牖户明江湖。千波舂撞有崩态，万栋凌压无完肤。巨鳌冠山勿惊走，欲寻高处垂明珠。

这是次山谷《题落星寺四首》中第二首韵的。诗也写得兀傲可喜，但模仿山谷原作的痕迹极为明显，声价大减。李彭这样赞他："谁谓涪翁呼不起，细看宅相力能追。"（《用师川题驹父诗卷后韵》）其实，洪刍的诗，学山谷仅能得其仿佛，"能追"的话未免溢誉了。

洪炎也被《四库全书总目提要》称为"受诗法于庭坚"，"诗酷似其舅"。《次韵公实雷雨》云：

> 惊雷势欲拔三山，急雨声如倒百川。但作奇寒侵客梦，若为一震静胡烟。田园荆棘漫流水，河洛腥膻今几年？拟扣九关笺帝所，人非大手笔非椽。

诗写雷雨之迅猛，作者因此触发对中原沦陷的感慨，幻想借这场雷雨把胡尘扫个干净，表现了他的爱国思想。

惠洪是个诗僧，与东坡、山谷交往较多。《四库全书总目提要》说他的诗"出入于苏黄之间，时时近似"。陈善《扪虱新话》称惠洪曾诈学山谷作诗赠他，中有句云："韵胜不减秦少觌，气爽绝类徐师川。"师川见了，以为真山谷作，就把它收在《豫章集》里。他这种行径，自然要遭到物议，但也表明他平日对山谷诗揣摩之深。《次韵天锡提举》开头六句云：

> 携僧登芙蓉，想见绿云径。天风吹笑语，响落千岩静。戏为有声画，画此笑时兴。

写天锡游山之际，与同行僧笑语取乐，把它收拾入诗，兴会淋漓之状，宛然纸上，可谓妙语解颐。《读和靖西湖诗戏书卷尾》云：

长爱东坡眼不枯，解将西子比西湖。先生诗妙真如画，为作春寒出浴图。

说东坡诗以西湖比作西子，具有慧眼，而林和靖诗则是以西湖比作西子春寒出浴图，真是巧于形容，能见人见不到处。《次韵孙先辈见寄二首》其一云：

从来佳句出寒饿，太白飘零子美穷。箸下万钱如有意，作诗遣兴不须工。

说太白、子美的诗皆穷而后工，假使富而至于箸下万钱，宁可不工诗了，这是为诗人陷于贫困境地抱不平的有激之言。

徐俯是山谷的外甥，山谷极称之，在写给他的信里说他的诗“辞皆尔雅”，自东坡、少游、后山死后，作“颓波之砥柱”。诗也深受山谷影响，他的“平生功名心，夜窗短檠灯”，就像山谷语。但他不甘居山谷门下，周煇《清波杂志》称有人贽见他，说他的诗渊源于山谷，他读之不乐，答以小启道：“涪翁之妙天下，君其问诸水滨；斯道之大域中，我独知之濠上。”《江西诗社宗派图》列他的名，他又说：“吾乃居行间乎？”从实说，诗受了山谷的影响，却一口否认，只表明他好自大。

当然，徐俯的诗还是有成就的，吕本中评价相当高："江西人物胜，初未减前贤。公独为举首，人谁敢比肩？"（《徐师川挽词三首》其一）这说人品，也包括诗。如《陪李泰发登洪州南楼》云：

十年不复上南楼，直为狂酋作远游。满地江湖春入望，连天章贡水争流。青云聊尔居金马，紫气还应射斗牛。公是主人身是客，举觞登望得无愁？

李泰发在对待金人侵略的问题上是主战派的中坚人物，但为得势的主和派所压抑，外放做地方官，作者为之不平，正表明其爱国立场。诗前半写景，一片雄浑气象。后半言情，为李泰发受排挤而感慨。

韩驹是江西派中继陈后山之后的杰出诗人，在当时颇负盛名，居于盟主的地位。汪藻知抚州时，韩驹也住在那里，汪曾这样敬佩他："承作者百年之师友，为斯文一代之统盟。何幸余生，获陪胜会。载酒而问奇字，将每过于扬雄；登楼而赋销忧，愿少留于王粲。"（《知抚州回韩驹待制启》）王十朋也推崇他说："近来江西立宗派，妙句更推韩子苍……鲰生幸脱场屋累，老境欲入诗门墙。古诗三百未能学，句法且学今陵阳。"（《陈郎中公说赠韩子苍集》）

韩驹早受知于苏辙，辙有诗赞他："我读君诗笑无语，恍然重见储光羲。"（《题韩驹秀才诗卷一绝》）他的诗"淡泊而有思致，奇丽而不雕刻”，周紫芝这个评语就说明了他与储光羲的关系。但他与徐俯游，也接受了山谷的影响。可是吕本中引之入江西诗派，他颇不乐，说“我自学古人”。事实如何呢？方回《瀛奎律髓》说：“宣政间忌苏黄之学，王初寮阴学东坡文，子苍诸人皆阴学山谷诗耳。”《四库全书总目提要》则说：“驹诗磨淬翦裁，亦颇涉豫章之格，其不愿寄黄氏门下，亦犹陈师道之瓣香南丰，不忘所自耳，非必其宗旨之迥别也。”我想，这两种情况是兼而有之的。他的《某顷知黄州，墨卿为州司录，今八年矣，邂逅临川，送别二首》其二云：

盗贼犹如此，苍生困未苏。今年起安石，不用哭包胥。子去朝行在，人应问老夫。髭须衰白尽，瘦地日携锄。

他闲居抚州，日以锄地为事，还念念不忘国家。金兵的猖獗，使老百姓不得安生。今年起用主战派首领赵鼎，他寄以深切的期望，预计时局将有转机，故精神为之一振。《抚州邂逅彦正提刑，道旧感叹，辄书长句奉呈》云：

忆在昭文并直庐，与君三岁侍皇居。花开辇路春迎驾，日转蓬山晚晒书。学士南来尚岩穴，神州北望已丘墟。愁逢汉节沧江上，握手秋风泪满裾。

写他和张彦正今昔离合之感，抚州的会合，相与慨叹中原在敌人铁蹄蹂躏之下，涕泪纵横，充分流露出爱国思想。《和李上舍冬日书事》云：

> 北风吹日昼多阴，日暮拥阶黄叶深。倦鹊绕枝翻冻影，飞鸿摩月堕孤音。推愁不去如相觅，与老无期稍见侵。顾藉微官少年事，病来那复一分心。

诗的前四句写风雪飘洒，鹊鸿夜间不得安眠，作者目击这种凄凉景象，情绪黯然。后四句接着写愁，正值老病相兼，于投闲为宜,然意中亦不自聊,倦鹊飞鸿,无异为自己写照。“推愁”一联，意境句法殊为别致，具见匠心。这诗在当时已为侪辈所盛推，李彭就有“平生黄叶句，摸索便知价”(《建除体赠韩子苍》) 的话。《题申居士雪溪图》云：

> 雪溪居士买山图,碧玉峰前碧玉湖。中有一丘容我老,暮年居士肯分无?

雪溪是名胜区，附近有碧玉峰与碧玉湖，更添山水之美。作者见图而欲与居士偕隐其地,申以问之。笔致清新,余韵悠然。

从上述诸诗，山谷的影响隐约可见，但主要是有着作者自己的面貌。周必大《题山谷与韩子苍帖》说：“(陵阳先生)与徐东湖游，遂受知于山谷。晚年或置之江西诗社，乃曰‘我自学古人’，岂所谓鲁一变至于道邪？”这里指出韩驹始于学山谷，终于与之离，其为诗的历程，正是如此。

晁冲之在绍圣之初，群从多挂党籍，于是绝意仕进，遁迹具茨之下，遇事兴感，形之吟咏，无凄怨危苦之辞。

他曾游陈后山之门，自谓“我亦尝参诸弟子”(《过陈无己墓》)，“九岁一门生”(《过陈无己墓》)，故诗受后山的影响。《感梅忆王立之》云：

王子已仙去，梅花空自新。江山余此物，海岱失斯人。宾客他乡老，园林几度春。城南载酒地，生死一沾巾。

立之本故家子弟，有园在汴京城南，喜宾客，常延致其中，饮酒赋诗为乐，冲之亦往往参与其间。立之爱梅，园多此物，宾客来会，每以咏梅为题，故此诗因见梅而回忆往事，感慨系之。语淡格老，饶有后山笔意。《谢富察见过》云：

饭蔬君莫厌，瓜果我时须。自可随丰俭，谁能问有无？堕蜂冲博局，惊燕避投壶。不惮过从远，频来访老夫。

款友随家境的丰俭，具见交谊之深，写行博投壶，蜂冲燕避，体物精细，最具特色。《夜行》云：

老去功名意转疏，独骑瘦马取长途。孤村到晓犹灯火，知有人家夜读书。

诗里写了两个人，一是作者自己，功名无分；一是夜间读书者。他们之间表面没有联系，实际上是说，从我今日的处境，可以看出那个读书人将落到同样的结局。意在不言中，耐人寻绎。他如《和四兄以道闲居感叹有作》：

月倒迎门屣，风弹挂壁冠。

吟风弄月，是隐居者的乐事，这两句却说月倒屣迎我，风为我弹冠，皆以物为人，设想之奇，匪夷所思。

吕本中是《江西诗社宗派图》的创作者,说源流皆出豫章，图中所列二十五人中,据赵彦卫《云麓漫钞》所载就有吕本中，刘克庄《江西诗派总序》所载多一人，并说“派中以东莱居后山上，非也，今以继宗派，庶几不失紫微公初意”。可见派中原来就有吕本中，刘克庄只是把名次改动了一下。

吕本中是继韩驹之后居于主盟地位的江西派诗人。赵蕃《书紫微集》云：“诗家初祖杜少陵，涪翁再续江西灯。陈潘徐洪不可作,阃奥晚许东莱登。”这说明他在当时诗坛是岿然灵光。

曾季貍《艇斋诗话》记载吕本中十六岁时所作的“风声入树翻归鸟，月影浮江倒客帆”，是苦吟呕血而成，从此得了羸疾，一直至死。他之成为杰出诗人，是与他的刻苦努力分不开的。《柳州开元寺夏雨》云：

风雨翛翛似晚秋，鸦归门掩伴僧幽。云深不见千岩秀，水涨初闻万壑流。钟唤梦回空怅望，人传书至竟沉浮。面如田字非吾相，莫羡班超封列侯。

诗写风雨并作的一个晚秋天诗人闲居的心情。“书沉浮”

就是杜甫的“亲朋无一字”，责望之意，见于言外。风格淡雅，气度雍容，是吕本中独造之境。他有一组《兵乱后自嬉杂诗》，写亲见金兵攻陷汴京的惨状和自己的心情。其中之一云：

晚逢戎马际，处处聚兵时。后死翻为累，偷生未有期。积忧全少睡，经劫抱长饥。欲逐范仔辈，同盟起义师。

他于汴京陷落时留在汴京，金兵的暴行，耳闻目见，徽、钦二宗被掳北去，金兵自动撤退，于是他写下了这组诗。生在如此动乱年代，以有身为累，似乎死了倒好；但人总是求生不求死的，可这又不能由自己作主，随时有死的可能。“后死”一联，非处在乱兵间九死一生的人是写不出的，沉痛之至！《送常子正赴召二首》其一云：

属者居闲久，今来促召频。但能消党论，便足扫胡尘。众水同归海，殊途必问津。如何彼黠虏，敢谓汉无人！

新旧党之争，自熙宁、元丰开始，一直没有停止过，也可说它是北宋灭亡的原因之一。如果大家一心为国，群策群力，就不会招致金兵的侵略，纵遭侵略也抵抗得住。作者忧虑所及，充分表示他对国事的关切。《春晚郊居》云：

柳外楼高绿半遮，伤心春色在天涯。低迷帘幕家家雨，淡荡园林处处花。檐影已飞新社燕，水痕初没去年沙。地偏长者无车辙，扫地从教草径斜。

郊居的幽致，以及自然环境的优美，诗人以淡远之笔描绘出来，也把读者带到那个环境中去了。《对菊》云：

稚子寻花莫漫狂，已知衰疾负重阳。新霜有意留青蕊，更放残枝十月黄。

重阳是菊花盛开的时节，诗人因病没有赶上这个好时节去赏菊，可是有幸得很，菊还留着青蕊到十月才开放，使诗人迟了个把月作重阳。意思新颖，笔墨别致。《连州阳山归路三绝》其二云：

稍离烟瘴近湘潭，疾病衰颓已不堪。儿女不知来避地，强言风物胜江南。

诗人在衰病之中心情是忧郁的，虽然离开了瘴乡，但仍然过着逃难的生活，小儿女们却别有感受，说湘潭的风物胜似江南。这是以小儿女反衬自己，更突出颠沛流离之苦。

从上面对吕本中诗的分析，可以看出他学山谷而能变。陈岩肖《庚溪诗话》指出他的诗“多浑厚平夷，时出雄伟，不见斧凿痕”，不是规行矩步地学山谷，“正如鲁国男子善学柳下惠”。他本人也欣赏谢逸所给予他的批评：“以居仁诗似老杜、山谷，非也。杜诗自是杜诗，黄诗自是黄诗，居仁诗自是居仁诗。”事实正是如此。

曾几与吕本中同年生，二人平日互相切磋琢磨，而吕早成，故曾受益为多。吕有与曾论诗二帖，第一帖说学诗要悟入，“悟入之理,正在工夫勤惰间”,并指出曾诗的不足之处是“少新意”。第二帖又评曾诗“波澜尚未阔”，要波澜阔，“须于规模令大”。曾也说过他在柳州时与在桂林的吕本中以诗交往的情况：“绍兴辛亥，幾避地柳州，居仁在桂林，是时年皆未五十，居仁之诗固已独步海内，幾亦妄意学作诗，居仁一日寄近诗来，幾次其韵，因作书请问句律。”（《东莱先生诗集跋》）所以曾的诗深受吕的影响。

曾幾是继吕本中之后的江西派杰出诗人，诗学本中，也学山谷。他有诗云:“案上黄诗屡绝编。”(《张子公召饮灵感院》)所以方回说他的诗往往逼真山谷。他不列在《江西诗社宗派图》中，但刘克庄以禅为喻，说“山谷初祖也，吕、曾南北二宗也”（《茶山诚斋诗选》），这说明了他的诗的渊源和在江西派中的地位。《种竹》云：

近郊蕃竹树,手种满庭隅。余子不足数,此君何可无?
风来当一笑，雪压要相扶。莫作封侯想，生来鄙木奴。

这首诗用典精巧，与山谷的《和答钱穆父咏猩猩毛笔》可以媲美。五、六句把竹在风雪中的神态写活了，富于想象，饶有风致,并投射进作者的影子,其人品的高洁可以想见。《苏秀道中自七月二十五日夜大雨三日，秋苗以苏，喜而有作》，写一场喜雨，屋漏也不愁。为什么呢？诗的下半说：

千里稻花应秀色，五更桐叶最佳音。无田似我犹欣舞，何况田间望岁心。

诗人无田，听到雨滴梧桐的声音，也为之喜而不寐。他这种以农家的心为心，真是难能可贵。《李泰发参政得旨自便，将归，以诗迓之》云：

苦遭前政堕危机，二十余年咏式微。天上谪仙皆欲杀，海滨大老竟来归。

李泰发是反对向金投降的，得罪了秦桧，贬逐南荒，桧死放还。诗以这段历史为题材，既叹息李的不幸遭遇，又喜其得以赦归，表现了作者的民族立场。《寓居吴兴》云：

相对真成泣楚囚，遂无末策到神州。但知绕树如飞鹊，不解营巢似拙鸠。

诗人为对国难束手无策而自怼，把自己比作绕树的飞鹊、借巢的拙鸠，不得宁处。第五句接着说："江北江南犹断绝。"诗人更为中原沦敌南北隔绝而痛心。《壬戌岁除作，明朝六十岁矣》云：

光阴又似烛见跋，学问只如船逆风。一岁临分惊老大，五更相守笑儿童。

表现诗人不胜岁除已届学问难进之感。光阴蹉跎，心情颓唐，对儿童守岁不眠，但觉可笑，从对比中抒发自己的感慨。《癸未八月十四日至十六夜月色皆佳》云：

年年岁岁望中秋，岁岁年年雾雨愁。凉月风光三夜好，老夫怀抱一生休。明时谅费银河洗，缺处应须玉斧修。京洛胡尘满人眼，不知能似浙江不？

诗人触景兴怀，借物寓意，因连续三夜月色都好，而念及中原腥膻，金瓯半缺，于是产生银河洗、玉斧修的想法。《曾宏甫见过，因问讯鞓红花，则云已落矣，惊呼之余，戏成三首》其三云：

南渡年来两鬓霜，牡丹芍药但他乡。即从江水浮淮水，便上维扬向洛阳。

写在他乡看牡丹、芍药，不胜家山之思，以致产生这样的念头，马上就可以走上回家乡的路，这是痛苦已极，聊以自慰而已。三、四句用老杜《闻官军收河南河北》尾联句律，用得恰到好处。曾幾原是洛阳人，洛阳已为金寇所侵占，他之痛恨金寇，自在不言中了。

曾幾生当南北宋之交，亲眼看见山河破碎、朝廷以投降为国策的可悲现象，为之忧心忡忡。陆游自叙与曾幾在会稽聚会的一段历史："略无三日不进见，见必闻忧国之言。先生时年过七十，聚族百口，未尝以为忧，忧国而已。"（《跋曾文清公奏议稿》）曾幾忧国的感情，往往形诸吟咏，从以上论述，可见一斑。

陈与义是江西派的后劲。《四库全书总目提要》说他的诗居山谷之下，后山之上。诗学山谷，尤其学杜甫。他的身世与杜甫相类似，故诗亦近之。但主要表现仍是他自己的面貌，诚如《提要》所言："风格遒上，思力沉挚，能卓然自辟蹊径。"

与义的《墨梅》绝句为宋徽宗所欣赏，高宗又爱其"客子光阴诗卷里，杏花消息雨声中"之句。后来陈衍评这两句诗胜过陆游的"小楼一夜听春雨，深巷明朝卖杏花"。他的《夏日集葆真池上，以'绿阴生昼静'赋诗，得'静'字》，写一次集会的情况，其中对环境幽美、赏心乐事的描绘，能出之以淡远之笔。如"聊将两鬓蓬，起照千丈镜。微波喜摇人，小立待其定"，写得多么精巧。《容斋随笔》说："诗成出示，坐上皆诧为擅场……京师无人不传写。"《道中寒食二首》其二云：

斗粟淹吾驾，浮云笑此生。有诗酬岁月，无梦到功名。客里逢归雁，愁边有乱莺。杨花不解事，更作倚风轻。

宣和四年（1122）春末，陈与义自汝州归洛阳途中写此诗。时居母丧，无官职，不自聊赖，于是归雁、乱莺、倚风杨花，都是供愁之物。意深格老，纪昀以为绰有工部神味。《雨晴》云：

天缺西南江面清，纤云不动小滩横。墙头语鹊衣犹湿，楼外残雷气未平。尽取微凉供稳睡，急搜奇句报新晴。

今宵绝胜无人共，卧看星河尽意明。

写雨过初晴的景象非常精切，如在目前。诗人的闲适生活与舒畅心情，得到突出的表现。《春日二首》其一云：

朝来庭树有鸣禽，红绿扶春上远林。忽有好诗生眼底，安排句法已难寻。

写所见春天景象和作者感受，“扶”字多么生动形象，出人意表。至于说自己的诗不能把美景捕捉住，无异说美景非笔墨所能形容，更是不落凡响。

宣和以前，陈与义诗里所反映的大都是个人情趣、身边琐事，以及朋友间离合悲欢之情，生活面不广，现实内容不多。及靖康之难作，开始过逃难生活，悯时念乱之篇不断出现。刘克庄《后村诗话》指出：“避地湖峤，行路万里，诗益奇壮……造次不忘忧爱，以简严扫繁缛，以雄浑代尖巧。”不但思想性加强，艺术性也提高了。《感事》云：

丧乱那堪说，干戈竟未休。公卿危左衽，江汉故东流。风断黄龙府，云移白鹭洲。云何舒国步，持底副君忧。世事非难料，吾生本自浮。菊花纷四野，作意为谁秋。

陈与义于建炎元年（1127）逃难在邓州作此诗，时徽、钦二宗被金囚在五国城，高宗驻跸在建康，正是国难深重的时候。但朝中权贵坚持投降主义，金寇步步进逼，诗人为此十分悲愤，虽菊花盛开，何与于我，可以知其心情之痛苦了。《次韵尹潜感怀》云：

胡儿又看绕淮春，叹息犹为国有人？可使翠华周宇县，谁持白羽静风尘？五年天地无穷事，万里江湖见在身。共说金陵龙虎气，放臣迷路感烟津。

建炎三年（1129），高宗被金兵逼得自扬州逃至镇江、常州、无锡、秀州、杭州，有谁能挽转颓势，所以作者兴国无人之叹。自宣和七年（1125）十月，金人大举南侵以来，已历时五年，宋朝廷以不抵抗为事，使作者过着逃难生活。向称金陵龙盘虎踞，王气所钟，有复兴之望，可是目睹统治者软弱无能甘于屈辱的现象，希望究竟在哪里呢？《伤春》云：

庙堂无策可平戎，坐使甘泉照夕烽。初怪上都闻战马，岂知穷海看飞龙？孤臣霜发三千丈，每岁烟花一万重。稍喜长沙向延阁，疲兵敢犯犬羊锋。

建炎四年（1130）诗人作此诗时，金兵更猖獗，国势更危急，高宗向台州、明州、越州逃跑。诗人忧国心切，霜雪蒙头，万重烟花，徒增愁绪。所可喜者，向伯共敢于孤军抗敌，尚存一线希望。再看《题画》《牡丹》两绝：

分明楼阁是龙门，亦有溪流曲抱村。万里家山无路入，十年心事有谁论。

一自胡尘入汉关，十年伊洛路漫漫。青墩溪畔龙钟客，独立东风看牡丹。

上首写见画中景物与故乡相类似，因而产生十年归不得的感慨。下首写在客中看牡丹，因而想起以牡丹著称于世的故乡，不可能再回去了。原因是故乡已落入敌人之手，其恨敌之心情，不言可知。杜甫的诗深刻地反映了时代，有“诗史”之称。陈与义反映时代之作，差堪继武，这是应该大书特书的。

江西诗派不是以地域立派，二十五人中江西人只占少数，山谷是宗派之祖，这一宗派，吕本中说，“其源流皆出豫章”，把他们系于山谷旗帜之下，故立此名。山谷强调读书，作诗要无一字无来处，但这并非主张因袭古人，而是借古人的言辞写自己的新意，即他所谓“以故为新”。“随人作计终后人”，“我不为牛后人”，他这些话同样着眼于新，这意见一直影响着以后江西派诗人。上面已论述及此。当然，他们生活的年代有先后，所遭的时势有不同。自靖康之难作，宋受金的侵略日甚一日，以致渡江而南，长期不遑宁处。诗人生当其时，痛祖国之阽危，感己身之苦难，往往形诸歌咏，使内容得到充实，而具有现实主义精神。所以江西派诗人的诗，随着时代而发生变化。就这一派整体言，他们相互之间是同中有异的。

胡守仁于江西师范大学中文系

目　录

黄庭坚

黄庭坚（1045—1105），字鲁直，号山谷道人，宋分宁人。英宗治平四年（1067）进士。少从母舅李常学，又受父庶，外舅孙觉、谢景初影响，诗学杜甫，所作兀傲瘦硬，戛戛独造。与苏轼齐名，并称苏黄。一时从学者甚众，有“江西诗派”之目。

神宗时，历任叶县尉、北京（大名）国子监教授、太和令、监德州德平镇。哲宗初年，入朝任秘书省校书郎，兼国史编修官。章惇秉政，以被诬修国史失实，贬涪州别驾、黔州安置，后徙戎州。徽宗朝，召还。旋又因所作《承天院塔记》，仇人摘其中数语，以为“幸灾谤国”，除名羁管宜州，逾年卒。有《豫章集》。

古诗二首上苏子瞻〔一〕

江梅有佳实， 托根桃李场。〔二〕
桃李终不言， 朝露借恩光。〔三〕

孤芳忌皎洁，冰雪空自香。
古来和鼎实，此物升庙廊。〔四〕
岁月坐成晚，烟雨青已黄。
得升桃李盘，以远初见尝。
终然不可口，掷置官道傍。
但使本根在，弃捐果何伤！

【注释】

〔一〕苏子瞻：苏轼字子瞻，号东坡居士，宋眉山人，官至翰林学士。诗词、散文、书法皆有卓越成就，堪称大家。

〔二〕“江梅”二句：《古诗十九首》云：“冉冉孤生竹，结根太山阿。”此二句仿其体。

〔三〕“桃李”句：《史记・李将军列传》：“桃李不言，下自成蹊。”此借用其语。

〔四〕和鼎实：言江梅有和羹之用。《书・说命》：“若作和羹，尔惟盐梅。”庙廊：朝廷。

【说明】

山谷于元丰元年（1078）任北京国子监教授时，初通书于徐州太守苏东坡，并附此二诗。东坡报书极称之，以为“托物引类，真得古诗人之风”。前篇梅以属东坡，而以桃李作映衬。谓桃李得时，下自成蹊，梅虽获朝露之滋润，已结成果实，然未有以之和羹者。纵使得升桃李盘，亦随即因为不可口而见弃。然梅之本性固在，虽不为世用，又何伤乎？通过咏梅，东坡之遭遇与其所以自立而不为世俗所移者，概可见矣。

黄庭坚

青松出涧壑，　十里闻风声。
上有百尺丝，　下有千岁苓。〔一〕
自性得久要，　为人制颓龄。〔二〕
小草有远志，　相依在平生。〔三〕
医和不并世，　深根且固蒂。〔四〕
人言可医国，　何用太早计。〔五〕
小大材则殊，　气味固相似。

【注释】

〔一〕丝：指兔丝。苓：指茯苓。

〔二〕自性：本性。久要：旧约，耐久。《论语·宪问》："久要不忘平生之言。"颓龄：衰年。

〔三〕小草：植物名，此指兔丝。

〔四〕医和：春秋秦良医，名和。

〔五〕太早计：计虑太早。《庄子》："且汝亦太早计。"

【说明】

此篇青松以属东坡，茯苓以属东坡门下士，兔丝则山谷以自况。兔丝与青松虽材有小大之殊，然气味则相投，既以表示对东坡之推崇，亦自明其志趣之所在云。

宿旧彭泽怀陶令〔一〕

潜鱼愿深眇，渊明无由逃。
彭泽当此时，沉冥一世豪。〔二〕
司马寒如灰，礼乐卯金刀。〔三〕
岁晚以字行，更始号元亮。〔四〕
凄其望诸葛，肮脏犹汉相。〔五〕
时无益州牧，指挥用诸将。〔六〕
平生本朝心，岁月阅江浪。〔七〕
空余诗语工，落笔九天上。
向来非无人，此友独可尚。
属予刚制酒，无用酌杯盎。〔八〕
欲招千载魂，斯文或宜当。〔九〕

【注释】

〔一〕彭泽：县名，今属江西。陶令：陶渊明尝为彭泽令。

〔二〕沉冥：深藏而泯然无迹之意。

〔三〕司马：晋王朝姓司马氏。寒如灰：言晋已衰微。“礼乐”句：谓礼乐自刘裕出。《论语》有“礼乐征伐自天子出”之语。卯金刀，合为刘字。《汉书·王莽传》：“夫刘之为字，卯金刀也。”

〔四〕更始：谓刘裕已篡晋，建立宋王朝。

〔五〕“凄其”句：杜甫诗“凄其望吕葛”，此用其句律。诸葛，指诸葛亮。肮脏：高亢貌。汉相：指诸葛亮。《三国志·蜀志》载，汉建安二十六年（221）四月，刘备即帝位，以诸葛亮为丞相。

〔六〕益州牧：指刘备，备曾任此职。

〔七〕“岁月”句：谓岁月如流也。

〔八〕刚制酒：谓坚决戒酒。《书·酒诰》：“矧汝刚制于酒。”

〔九〕招魂：谓招死者之魂。此指渊明之魂。

【说明】

诗写易代之际，陶渊明退隐以自晦，但心系本朝，故改字元亮以见意，惜无刘备其人可为之主，借以得行其志，空余诗语之工为世所传而已。山谷写此诗，盖于渊明不胜景仰之情也。

和邢惇夫秋怀十首〔一〕（选二）

庆州名父子，忠勇横八区。〔二〕
许身如稷契，初不学孙吴。〔三〕
荷戈去防秋，面皱鬓欲疏。〔四〕
虽折千里冲，岂若秉事枢？〔五〕

【注释】

〔一〕邢惇夫：邢居实字惇夫，恕之子，宋阳武人。少能文，苏黄皆称之。

〔二〕庆州：指范纯粹，字德孺，仲淹之子，时为庆州太守。八区：犹言天下。

〔三〕稷契：帝尧二贤臣。孙吴：孙膑、吴起，皆战国时著名军事家。

〔四〕防秋：古代西北边境少数民族，常以秋天进犯，故于其时朝廷调兵守边，谓之防秋。

〔五〕折冲：抗敌。秉事枢：谓在朝廷任大臣之职。

【说明】

范德孺能继承父业，以稷契自许，而为庆州守，是用不当其才，虽守边足以折冲，何若秉政中枢，更为有益于国乎？山谷郑重言之，盖为朝廷用人惜也。

吾友陈师道，　抱瑟不吹竽。〔一〕
文章似扬马，　欬唾落明珠。〔二〕
固穷有胆气，　风壑啸於菟。〔三〕
秋来入诗律，　陶谢不枝梧。〔四〕

【注释】

〔一〕陈师道：字履常，一字无己，号后山居士。官至秘书省正字。工诗，与山谷并称黄陈。“抱瑟”句：言与世好相违。韩愈《答陈商书》：“齐王好竽，有求仕于齐者，操瑟而往，立王之门，三年不得入……客骂之曰：王好竽而子鼓瑟，虽工，如王不好何？是所谓工于瑟而不工于求齐也。”

〔二〕扬马：扬雄、司马相如，皆汉代辞赋大家。“欬唾”句：比喻文章之美。

〔三〕於菟：虎之别名。

〔四〕“陶谢”句：全用杜句。陶谢，陶渊明、谢灵运。枝梧，抵当。全句意谓陶谢不能相敌也。

【说明】

陈后山乐道安贫，不趋时尚，非有胆气，焉克臻此？人唯安贫，故视富贵如浮云，而于艺事乃能竭尽其力而心不旁骛，此后山文章之所以似杨马，诗律之所以过陶谢也。作者以此许之，盖深相知者，亦所以表示慰藉之意云。

子瞻诗句妙一世，乃云效庭坚体，盖退之戏效孟郊、樊宗师之比，以文滑稽耳。恐后生不解，故次韵道之。子瞻《送杨孟容诗》云："我家峨眉阴，与子同一邦。"即此韵〔一〕

我诗如曹郐，浅陋不成邦。〔二〕
公如大国楚，吞五湖三江。
赤壁风月笛，玉堂云雾窗。〔三〕
句法提一律，坚城受我降。〔四〕
枯松倒涧壑，波涛所舂撞。
万牛挽不前，公乃独力扛。
诸人方嗤点，渠非晁张双。〔五〕
袒怀相识察，床下拜老庞。〔六〕
小儿未可知，客或许敦厐。
诚堪婿阿巽，买红缠酒缸。〔七〕

【注释】

〔一〕孟郊：字东野，诗与韩愈齐名，世称韩孟。樊宗师：字绍述，古文家，为韩愈所称。韩愈为诗文，尝效东野体与绍述体。文滑稽：文，名词动用，言以滑稽为文也。

〔二〕曹郐：两小国名。春秋吴季札观乐于鲁，对各国之诗皆有评论，自郐以下无讥焉。意谓不屑评论，恶其小也。

〔三〕"赤壁"句：赤壁，在黄州江边。东坡曾被贬为黄州团练副使。其《李委吹笛》诗序载东坡生日，置酒赤壁矶下，进士李委善吹笛，为作《鹤南飞》新曲，奏数弄，嘹然有穿云裂石之声。"风月笛"，盖指此事。玉堂：翰林院之称，东坡尝为翰林学士。云雾窗：言玉堂清禁，如在天上，窗户缭绕云雾。

〔四〕提一律：任渊注："言自提一家之军律也。"诗律甚严，故以军律比之。

〔五〕晁张：指晁无咎、张耒。

〔六〕"床下"句：老庞，指庞德公，孔明每至其家，独拜于床下。

〔七〕"小儿"四句：小儿，指山谷子相。阿巽，盖苏迈之女，东坡之孙女。当时订婚者，多以红彩缠酒壶。当是东坡尝以阿巽许婚于相，但其后契阔，未成事实。

【说明】

东坡、山谷为宋代两大诗人，并世而生，互相推挹。即以此诗论，因东坡有效庭坚体之作，故山谷作此诗以为报。二人之互推其诗，可以概见。山谷此诗，首先于东坡之作极其拜倒，而自视弗及。其措辞多用比喻，形象鲜明。随后写自己受知于东坡，并有联姻之意。此非泛泛之笔，诚如任渊注所谓"终上句相知之意"也。

题竹石牧牛并引

子瞻画丛竹怪石，伯时增前坡牧儿骑牛，甚有意态，戏咏。〔一〕

野次小峥嵘，　幽篁相倚绿。〔二〕
阿童三尺箠，　御此老觳觫。〔三〕
石吾甚爱之，　勿遣牛砺角。〔四〕
牛砺角尚可，　牛斗残我竹。

【注释】

〔一〕伯时：李公麟字伯时，号龙眠居士，宋著名画家。

〔二〕野次：郊野之间。峥嵘：高貌，指画中石。

〔三〕觳觫（hú sù）：恐惧貌，此以称牛。《孟子》："齐国虽褊小，吾何爱一牛，即不忍其觳觫，若无罪而就死地。"

〔四〕砺：磨也。

【说明】

诗前四句将所画之景写尽，后四句就景生出奇想，清新可喜。所云"牛砺角""牛斗"，皆作真事咏，此画逼真之极妙写法。用笔顿挫有致。山谷亦自我欣赏，谓"此乃可言至耳"。

次韵秦觏过陈无己书院观鄙句之作〔一〕

陈侯大雅姿，　四壁不治第。〔二〕
碌碌盆盎中，　见此古罍洗。〔三〕

薄饭不能羹，　墙阴老春荠。〔四〕
惟有文字性，　万古抱根柢。〔五〕
我学少师承，　坎井可窥底。〔六〕
何因蒙赏味，　相享当牲醴。〔七〕
试问求志君，　文章自有体。〔八〕
玄钥锁灵台，　渠当为君启。〔九〕

【注释】

〔一〕秦觏：字少章，观弟，高邮人。

〔二〕大雅：宏达雅正。

〔三〕碌碌：平庸。罍（léi）洗：罍，酒樽；洗，盥器。

〔四〕荠：植物名，味甘可食。

〔五〕文字性：言能文出于本性。

〔六〕师承：言受之于师。坎井：坏井。

〔七〕牲醴：牲，用于宴飨之家畜；醴：甜酒。

〔八〕求志君：指陈无己，无己有求志斋。

〔九〕灵台：指心。

【说明】

诗分两层：一层写陈无己不治生计，遗世独立，而文字之业，根柢特厚，盖天性使然；二层自愧学识甚浅，无以称少章见赏之意，唯当求教于无己，庶几其有得尔。

赠秦少仪〔一〕

汝南许文休，马磨自衣食。〔二〕
但闻郡功曹，满世名籍籍。〔三〕
渠命有显晦，非人作通塞。〔四〕
秦氏多英俊，少游眉最白。〔五〕
颇闻鸿雁行，笔皆万人敌。〔六〕
吾早知有觏，而不知有觌。
少仪袖诗来，剖蚌珠的砾。〔七〕
乃能持一鏃，与我箭锋直。〔八〕
自吾得此诗，三日卧向壁。〔九〕
挽士不能寸，推去辄数尺。
才难不其然，有亦未易识。〔一〇〕

【注释】

〔一〕秦少仪：秦觌字少仪，观弟，高邮人。

〔二〕汝南：县名，在今河南。许文休：许靖字文休。“马磨”句：许文休为从弟劭所排摈，以马磨自给。

〔三〕郡功曹：指许劭，劭尝为汝南功曹。

〔四〕通塞：即穷达之意。塞，不通也。

〔五〕眉最白：汉马良兄弟五人，良最贤，里谚有“马氏五常，白眉最良”之语。因良眉中有白毛，故以称之。

〔六〕鸿雁行：《礼记》：“兄弟之齿雁行。”此即以称兄弟。

〔七〕的砾：珠光。

〔八〕“乃能”二句：《列子》：“纪昌者，又学射于飞卫……既尽卫之术……乃谋杀飞卫。相遇于野，二人交射，中路端锋相触而坠于地，而尘不扬……于是二子泣而投弓，相拜于涂，请为父子。”此以喻少仪笔力与己相敌也。

〔九〕“自吾”二句：任渊注：“自恨知少仪之晚，向壁愧叹也。”

〔一〇〕“才难”句：《论语》：“才难，不其然乎？”

【说明】

此诗夸秦少仪之才而惜其屈。先从少游引入，言其兄弟皆有文采，而唯少仪独鲜为人知。其见饷以诗，功力足与己敌，自恨相知之晚，并叹才之不易识也。

跋子瞻和陶诗〔一〕

子瞻谪岭南，　时宰欲杀之。〔二〕
饱吃惠州饭，　细和渊明诗。
彭泽千载人，　东坡百世士。〔三〕
出处虽不同，　风味乃相似。

【注释】

〔一〕和陶诗：东坡和陶诗凡一百九首，其中《饮酒二十首》和于知扬州时，其余和于谪惠州以后。追和古人，自东坡始。

〔二〕谪岭南：东坡以绍圣元年（1094）安置惠州。时宰：指章惇。

〔三〕彭泽：指陶渊明，渊明尝为彭泽令。

【说明】

诗写东坡和陶诗时之处境极端危险，有杀身之虞，而东坡淡然置之，和陶诗以自娱。东坡与渊明虽出处不同，而风味却极相似，故能旷百世而相契也。

再用旧韵寄孔毅甫〔一〕

鉴中之发蒲柳望秋衰，〔二〕
眼中之人风雨俱星散。〔三〕
往者托体同青山，　健者漂零不相见。〔四〕
庾公楼上有诗人，　平生落笔泻河汉。〔五〕
置驿勤来索我诗，　自说中郎识元叹。〔六〕
我方冻坐酒官曹，　为公然薪炙冰砚。
不解穷愁著一书，　岂有文章名九县？〔七〕
奴星结柳送文穷，　退倚北窗睡松风。〔八〕
太阿耿耿截归鸿，　夜思龙泉号匣中。〔九〕
斗柄垂天霜雨空，　独雁叫群云万重。〔一〇〕
何时握手香炉峰？　下看寒泉濯卧龙。〔一一〕

【注释】

〔一〕孔毅甫：孔平仲字毅甫，宋新喻人，时为江州钱监。

〔二〕蒲柳望秋衰：晋顾悦之发早白，自谓“松柏之姿，经霜犹茂；蒲柳常质，望秋先零”。

〔三〕“眼中”句：史容注：“言熙丰间诸人皆斥逐。”

〔四〕托体同青山：本于陶渊明《挽歌》：“托体同山阿。”

〔五〕庾公楼：在江州，相传晋庾亮镇江州时所建。

〔六〕置驿：马递，有似今之邮局。中郎识元叹：吴顾雍字元叹，从蔡伯喈学琴书。伯喈谓曰：“今以吾名与卿。”故雍与伯喈同名。按伯喈名邕，邕亦作雍。

〔七〕九县：犹言九州。

〔八〕“奴星”句：韩愈《送穷文》云：“主人使奴星结柳作车。”

〔九〕太阿：剑名。龙泉：剑名。

〔一〇〕斗柄：北斗七星五至七三星之称。

〔一一〕香炉峰：庐山之北峰。

【说明】

诗先写己身早衰，而念及朋友之或死别，或生离，情所难堪。再写应孔毅甫之索而作诗。之后以太阿之思与龙泉相合、独雁之思其群为喻，伤二人之离居，不知何时能赴江州与故人同游庐山。起得突兀。前十二句用仄韵，声情沉郁。后八句用平韵，且句句用韵，声情激越，参互成篇，足移人情。

上权郡孙承议〔一〕

公家簿领如鸡栖，　私家田园无置锥。〔二〕

真成忍骂加餐饭，　不如江西之水可乐饥。

它人勤拙犹相补，　身无功状堪上府。〔三〕
公诚遣骑束缚归，　长随白鸥卧烟雨。〔四〕

【注释】

〔一〕孙承议：孙以承议权知吉州，失其名。

〔二〕簿领：文书。鸡栖：《后汉书·陈蕃传》："车如鸡栖马如狗。"言其小也。无置锥：无置锥之地，言其穷也。

〔三〕勤拙相补：谓勤可补拙。

〔四〕束缚：谓拘束不使自由。

【说明】

此诗为山谷任太和县令时作。山谷在太和，勤于民事，有惠政。尝因赋盐下乡，了解民间生活情况。过去民为强制买盐而不胜其苦。山谷作实地调查，不厌跋涉之劳，因知民无以存活者多。赋诗有云："民病我亦病，呻吟达五更。"其体恤之情为何如！由于体恤民隐，赋盐少，为上官所不满。孙承议想即其人。诗深致慨于此，故浩然有归志。对孙承议言，身无功名，而对百姓言，固为好官。诗流露出一种不平之气，具见封建时代，仕途逢迎成风，好官不易为也。

送范德孺知庆州

乃翁知国如知兵，　塞垣草木识威名。〔一〕
敌人开户玩处女，　掩耳不及惊雷霆。〔二〕
平生端有活国计，　百不一试薶九京。〔三〕

阿兄两持庆州节，十年骐骥地上行。〔四〕
潭潭大度如卧虎，边人耕桑长儿女。〔五〕
折冲千里虽有余，论道经邦政要渠。〔六〕
妙年出补父兄处，公自才力应时须。
春风旌旗拥万夫，幕下诸将思草枯。〔七〕
智名勇功不入眼，可用折棰笞羌胡。〔八〕

【注释】

〔一〕乃翁：指范仲淹。塞垣：边境所筑垣墙以防御外敌者。

〔二〕“敌人”二句：谓初如处女，为敌人所轻，不加防卫，一旦猝起，有如雷霆之发，不及掩耳。语本《孙子》：“始如处女，敌人开户。后如脱兔，敌不及拒。”

〔三〕薶：掩埋。九京：墓地。

〔四〕阿兄：指范纯仁。纯仁于熙宁七年（1074）、元丰八年（1085）两次知庆州。骐骥地上行：语本杜甫诗“肯使骐骥地上行”，谓未大用之于朝廷。

〔五〕潭潭：深广貌。卧虎：谓不动声色，为敌人所畏。长儿女：谓边境无事，当地人民得以繁育子女。

〔六〕论道经邦：谓谋虑治道，以经纬国家，此三公之职。《书·周官》：“兹惟三公，论道经邦。”

〔七〕诸将思草枯：凉秋九月，塞外草衰，敌人往往于此时寇边，故边将预为之防。

〔八〕“智名”句：《孙子》：“善战者无智名，无勇功。”言善用兵者，使敌人不敢犯，故云。

【说明】

范德孺父仲淹，兄纯仁，皆有盛德，为一代贤臣，并曾先后持庆州节，建立功名。诗从父兄写起，足以使德孺增重。入后写德孺之盛望，幕下诸将人人思奋，戒备甚严，已先声夺敌人之胆矣。

双井茶送子瞻〔一〕

人间风日不到处， 天上玉堂森宝书。〔二〕
想见东坡旧居士， 挥毫百斛泻明珠。
我家江南摘云腴， 落硙霏霏雪不如。〔三〕
为君唤起黄州梦， 独载扁舟向五湖。〔四〕

【注释】

〔一〕双井：地名，在今修水县，山谷世居于此。

〔二〕“人间”句：《龙济颂》：“日月不到处。”为此句所本。

〔三〕云腴：指茶叶。茶树生在高处，常有云气笼罩，叶甚肥，故云。双井产鹰爪茶，最有名。硙（wèi）：碎物之器。霏霏：雨雪密貌。此以形容茶叶用硙磨碎下落之状。

〔四〕黄州梦：东坡曾谪居黄州五年。五湖：即太湖。

【说明】

东坡任翰林学士时，山谷以双井茶赠之，并附上此诗。诗言翰林院藏书极富，东坡能见到人间所不得见者，又颇清闲，适于吟咏，此固为得其所。但高位不可久居，况有失势新党，常思起复，而东坡为所注目之人，故劝其追忆黄州旧事，急流勇退，遨游江湖之上。

次韵子瞻题郭熙画秋山〔一〕

黄州逐客未赐环，　江南江北饱看山。〔二〕
玉堂卧对郭熙画，　发兴已在青林间。
郭熙官画但荒远，　短纸曲折开秋晚。〔三〕
江村烟外雨脚明，　归雁行边余叠巘。
坐思黄甘洞庭霜，　恨身不如雁随阳。〔四〕
熙今头白有眼力，　尚能弄笔映窗光。
画取江南好风日，　慰此将老镜中发。
但熙肯画宽作程，　十日五日一水石。〔五〕

【注释】

〔一〕郭熙：宋河阳温县人，工画山水寒林。

〔二〕黄州逐客：指东坡。未赐环：言未赦还。《荀子》："绝人以玦，反绝以环。"

〔三〕短纸：任渊注："言所画但小景，未尽江南之胜。"

〔四〕洞庭：即太湖。

〔五〕宽作程：可以放宽作画时间。"十日"句：杜甫《戏题王宰画山水图歌》："十日画一水，五日画一石，能事不受相促迫，王宰始肯留真迹。"

【说明】

诗首写东坡在玉堂观画，必恍然如贬黄州时之饱看江南北诸山。然后写画中之景，因画而有望于郭熙为自己画取江南风物，以慰故山之思。此不徒就画咏画，而于中寄托念乡之情，并隐寓劝东坡退休之意云。

送石长卿太学秋补〔一〕

长卿家亦但四壁，文君窥之介如石。〔二〕
胸中已无少年事，骨气乃有老松格。
汉文新览天下图，诏山采玉渊献珠。〔三〕
再三可陈治安策，第一莫上登封书。〔四〕

【注释】

〔一〕石长卿：宋眉山人，其他不详。太学：学校名。宋承唐制，太学、国子学、四门学并隶国子监。秋补：谓参加秋试补入太学为诸生。

〔二〕文君：指卓文君。司马相如以琴声挑之，文君夜奔相如。此作为美女之代称。

〔三〕“汉文”句：汉文，指汉文帝。此以喻指宋徽宗。时徽宗新即位，故云“新览天下图”。《东都赋》：“天子受四海之图籍。”“诏山”句：言求贤才于天下也。

〔四〕治安策：汉文帝时，贾谊上疏陈治安之策。登封书：谓登泰山封禅之书。《史记·司马相如列传》载，司马相如为一卷书，言封禅事。

【说明】

因石长卿与司马长卿同名，故遂借相如作对比，其不同于相如者，绝不为美女动心，少年而有老松之格，正以见其人品之高。今当朝廷求贤之时，望于试策中进补弊救偏、切中时病之言，无以阿谀邀宠为事也。用意极正，笔亦简老。

武昌松风阁〔一〕

依山筑阁见平川，夜阑箕斗插屋椽。〔二〕
我来名之意适然。
老松魁梧数百年，斧斤所赦今参天。〔三〕
风鸣娲皇五十弦，洗耳不须菩萨泉。〔四〕
嘉二三子甚好贤，力贫买酒醉此筵。
夜雨鸣廊到晓悬，相看不归卧僧毡。
泉枯石燥复潺湲，山川光辉为我妍。
野僧早饥不能饘，晓见寒溪有炊烟。〔五〕
东坡道人已沉泉，张侯何时到眼前。〔六〕
钓台惊涛聒昼眠，怡亭看篆蛟龙缠。〔七〕
安得此身脱拘挛，舟载诸友长周旋。〔八〕

【注释】

〔一〕武昌：今湖北鄂州市。松风阁：在鄂城西樊山上，山谷所命名。

〔二〕夜阑：夜将尽。箕斗：二星名。

〔三〕魁梧：壮大。

〔四〕娲皇：即女娲氏，古帝名。任渊注："庖牺氏作瑟五十弦，此云娲皇，未详。"菩萨泉：在武昌西山。东坡《菩萨泉铭并序》："寒溪少西数百步，别为西山寺，有泉出于嵌窦间，色白而甘，号菩萨泉。"

〔五〕饘（zhān）：名词动用。不能饘，言不能具饘糜也。寒溪：在西山东山冈中，即元结故居。

〔六〕"东坡"句：东坡于建中靖国元年（1101）还自海外，七月没于常州。"张侯"句：崇宁元年（1102）七月，言者谓张文潜知颍州日，闻苏轼卒，饭僧缟素而哭，遂责授房州别驾，黄州安置。时尚未见文潜到。

〔七〕钓台：在樊山北大江上。怡亭：在武昌江中小岛上。蛟龙缠：形容篆字笔势如蛟龙之盘屈。

〔八〕拘挛：犹言拘束。周旋：追随。

【说明】

先写松风阁之位置、高度以及命名之由来，而其景物之特点即由是以见。以下写夜雨会饮及所闻所见，耳目为之一新。最后痛东坡之已亡，惜文潜之未到，因观览名胜，而思摆脱拘挛，与朋辈长期扁舟遨游江上。体仿柏梁，句句用韵。通篇笔力劲峭。

观伯时画马，礼部试院作〔一〕

仪鸾供帐饕虱行， 翰林湿薪爆竹声，
风帘官烛泪纵横。〔二〕
木穿石槃未渠透， 坐窗不邀令人瘦，
贫马百䕭逢一豆。〔三〕
眼明见此玉花骢， 径思着鞭随诗翁，
城西野桃寻小红。〔四〕

【注释】

〔一〕礼部：官署名，为旧官制六部之一。试院：考试进士之所。时东坡知贡举，山谷、伯时皆为其属。

〔二〕仪鸾：仪鸾司，官署名，掌奉供帐之事。供帐：谓陈设帷帐等用具。翰林：翰林司，官署名，掌供御酒茗汤果，及游幸宴会，内外延设。

〔三〕木穿石槃：《真诰》：“太极老君与傅先生木钻，使穿一石磐，厚五尺许，积四十七年而石穿。”䕭：（xián）：莝（cuò）余草。

〔四〕诗翁：谓东坡。

【说明】

此诗三句一换韵，三迭而止，格调甚新，是山谷创体。一层写供帐之败坏，饕虱横行；二层写锁宿之久，令人得瘦；三层写见画马而生追随东坡并辔观赏桃花之想。立意新奇，用笔瘦挺，故是山谷名篇。

黄庭坚

书磨崖碑后〔一〕

春风吹船着浯溪，扶藜上读中兴碑。〔二〕
平生半世看墨本，摩挲石刻鬓成丝。〔三〕
明皇不作苞桑计，颠倒四海由禄儿。〔四〕
九庙不守乘舆西，万官已作乌择栖。〔五〕
抚军监国太子事，何乃趣取大物为。〔六〕
事有至难天幸尔，上皇局蹐还京师。〔七〕
内间张后色可否，外间李父颐指挥。〔八〕
南内凄凉几苟活，高将军去事尤危。〔九〕
臣结春陵二三策，臣甫杜鹃再拜诗。〔一〇〕
安知忠臣痛至骨，世上但赏琼琚词。〔一一〕
同来野僧六七辈，亦有文士相追随。〔一二〕
断崖苍藓对立久，涷雨为洗前朝悲。〔一三〕

【注释】

〔一〕磨崖碑：颜真卿书元结所作《大唐中兴颂》，磨崖镌刻。颂言平安禄山叛乱及肃宗复两京事。

〔二〕浯溪：地名，在永州境。藜：指藜杖。

〔三〕墨本：拓印本。“摩挲”句：言垂老方见碑刻。

〔四〕苞桑：《易·否卦》：“其亡其亡，系于苞桑。”《疏》云：“苞，本也，凡物系于桑之苞本，则牢固也。”禄儿：安禄山尝请为杨贵妃养儿。

〔五〕九庙：《唐书·礼乐志》：“开元十年，太庙为九室。”乘舆：

天子所乘之车。此指玄宗。乌择栖：此喻指宰相陈希烈等叛唐降贼。

〔六〕抚军监国：帝出行，太子从曰抚军，守曰监国。大物：指天下。

〔七〕上皇：肃宗即位，尊玄宗为太上皇。局蹐：局，曲也；蹐，累足也。局蹐，形容不安之状。

〔八〕“内间”句：言肃宗内受制于张后，看后之脸色行事。“外间”句：言肃宗外听从李辅国之颐指气使。《新唐书·李辅国传》：“李揆当国，以子姓事之，号‘五父’。”

〔九〕“南内”两句：玄宗还自蜀，居于兴庆宫，即南内。后徙居西内。李辅国请玄宗按行宫中，射生官遮道，玄宗惊，几坠马。高力士厉声曰：“五十年太平天子，辅国欲何事？”玄宗执力士手曰：“微将军，朕且为兵死鬼。”高力士宦者，官至骠骑大将军，从玄宗幸蜀还，为李辅国所诬，长流丞州。

〔一〇〕“臣结”句：元结任道州刺史，不忍州民为征求所苦，作《舂陵行》，以达下情。道州是舂陵故地。二三策：二三片简策，指《舂陵行》。“臣甫”句：杜甫《杜鹃》云：“我见常再拜，重是古帝魂。”相传杜鹃是古蜀帝杜宇魂所化。杜甫此诗表示其尊君之意。

〔一一〕琼琚：皆美玉名。此喻文辞之美。

〔一二〕野僧、文士：指进士陶豫、李格，居士蒋大年、石君豫、僧伯新、道遵、守能、志观、德清、义明、崇广等。见黄䈰《山谷先生年谱》。

〔一三〕涷雨：暴雨。前朝：指唐朝。

【说明】

山谷赴宜州贬所途经永州时，游浯溪，观《大唐中兴颂》磨崖碑，作此诗。诗中评论唐玄宗之宠任安禄山以致失国，及肃宗擅自即位并受制于张后、李父以致失为人子之道，凡此皆足为后世之鉴戒，非只就事咏事而已。用意深刻，笔力苍劲。胡仔《苕溪渔隐丛话》推为绝唱，实非偶然。

次韵刘景文登邺王台见思五首〔一〕（选二）

旧时刘子政，憔悴邺王城。〔二〕
把笔已头白，见书犹眼明。
平原秋树色，沙麓暮钟声。〔三〕
归雁南飞尽，无因寄此情。

【注释】

〔一〕刘景文：刘孝孙字景文，宋祥符人。邺王台：曹操所立，在相州。

〔二〕刘子政：刘向字子政，此借指刘景文。

〔三〕平原：宋郡名，属德州。沙麓：在魏州元城东，宋为北京，与相州相接。

【说明】

先写刘景文老而犹耽诗书，为文章。次写作者相思之情，欲寄书而无由。“平原”一联，用杜甫《春日忆李白》诗中“渭北春天树，江东日暮云”句律，堪与媲美。就整篇言，亦风骨高骞。

公诗如美色，未嫁已倾城。〔一〕
嫁作荡子妇，寒机泣到明。〔二〕
绿琴蛛网遍，弦绝不成声。〔三〕
想见鸱夷子，江湖万里情。〔四〕

【注释】

〔一〕倾城：极言女色之美。李延年为李夫人歌："一顾倾人城，再顾倾人国。"

〔二〕荡子：流浪子。

〔三〕绿琴：蔡邕有绿绮琴。

〔四〕鸱（chī）夷子：范蠡佐越王勾践既霸，乃乘扁舟浮江湖，自号"鸱夷子"。

【说明】

前四句以倾城之貌嫁作荡子妇而终夜悲泣为喻，深叹刘景文诗之多哀伤。后四句乃出正意，明其所以然者，在于未逢知己，故当乘扁舟遨游江湖也。中二联不对，三句又未谐平仄，而一气贯注，此运古于律者。

和答钱穆父咏猩猩毛笔〔一〕

爱酒醉魂在，能言机事疏。〔二〕
平生几两屐，身后五车书。〔三〕

物色看王会，　勋劳在石渠。〔四〕
拔毛能济世，　端为谢杨朱。〔五〕

【注释】

〔一〕钱穆父：名勰，奉使高丽，使猩猩毛笔，赋诗，山谷和答此篇。

〔二〕“爱酒”二句：裴炎《猩猩说》载，猩猩在山谷间，数百为群，人以酒设于路侧，又爱着屐，里人织草为屐，更相连结。猩猩见酒与屐，知里人设张，乃呼张者祖先姓字大骂，舍之而去。旋复相谓曰：“试共尝酒。”乃饮至醉，因取屐而著之，乃为人所擒获。

〔三〕几两屐：晋阮孚喜著屐，尝曰：“未知一生能着几两屐。”五车书：《庄子·天下》：“惠施多方，其书五车。”此谓惠施所著之书，山谷只借用其字，以言作笔写字。王若虚非之，不知活用之妙也。

〔四〕王会：《汲冢周书》有《王会篇》。郑玄曰：“王城既成，大会诸侯及四夷也。”物色：言来会者皆有贡物。石渠：汉代阁名，皇家藏书之所。

〔五〕拔毛：《孟子·尽心上》：“杨子取为我。拔一毛而利天下不为也。”谢杨朱：言辞谢杨朱而不为，即不为杨朱也。

【说明】

此诗用古人语最多亦最妙，但大多只用其语而不用其意。此点已为杨诚斋《诗话》指出，谓“猩猩喜着屐，故用阮孚事，其毛作笔，用之抄书，故用惠施事”。二事皆借人以咏物，令读者有生新之感，故是名作。王士禛《分甘余话》于“平生”二句谓“超脱而精切，一字不可移易”。然亦有非议之者。胡应麟《诗薮》以为

“有斧凿之功，无熔炼之妙。矜持于句格，则面目可憎；架叠于篇章，则神韵都绝”。此吹毛索瘢，无乃为苛论乎！然称其运用古语之妙，此诚然矣。顾五车之书，石渠之藏，皆典籍精华，尤见猩猩毛笔之功也。

徐孺子祠堂〔一〕

乔木幽人三亩宅，　生刍一束向谁论。〔二〕
藤萝得意干云日，　箫鼓何心进酒樽。〔三〕
白屋可能无孺子。　黄堂不是欠陈蕃。〔四〕
古人冷淡今人笑，　湖水年年到旧痕。

【注释】

〔一〕徐孺子：徐稚字孺子，东汉南昌人，累举不仕，时称南州高士。陈蕃为太守，不接宾客，唯为稚特设一榻，去则悬之。祠堂：在南昌城东北。

〔二〕生刍一束：郭泰有母忧，徐孺子往吊之，置生刍一束于庐前而去。《诗·白驹》：“生刍一束，其人如玉。”

〔三〕“藤萝”句：即“孺子亭荒只草烟”（山谷《送徐隐父宰余干》）之意。“箫鼓”句：谓民间知尊贤者，常来祭祀，而叹官府之缺礼，致使祠宇荒凉也。

〔四〕“白屋”句：意谓白屋岂无徐孺子其人乎？白屋，平民之居。“黄堂”句：意谓黄堂岂非少有如陈蕃者乎？

【说明】

此诗因凭吊徐孺子而叹知音之难得，盖为当时才士之恒不遇而发，亦包括作者在内。作意本之杜甫《咏怀古迹》，而自有其面貌，熔铸古事，自吐胸臆，不愧为大家数。

次韵裴仲谋同年〔一〕

交盖春风汝水边，　客床相对卧僧毡。〔二〕
舞阳去叶才百里，　贱子与公皆少年。
白发齐生如有种，　青山好去坐无钱。〔三〕
烟沙篁竹江南岸，　输与鸬鹚取次眠。〔四〕

【注释】

〔一〕裴仲谋：名纶，与山谷同为治平四年（1067）进士，故称同年。时为舞阳尉。

〔二〕交盖：车盖相交，谓相遇也。汝水：亦称汝河，在河南。

〔三〕白发齐生：谓两人皆生白发，非谓发尽白也。无钱：古有买山而隐者，山谷不能归隐，由于无钱买山也。

〔四〕取次：随便。

【说明】

此诗熙宁二年（1069）叶县作。前四句谓舞阳与叶县相距不远，彼此又皆少年，理应常有交往，但各为簿领所缚，不得如愿。今乃于无意中相遇，夜床对语，喜悲交并。后四句谓公务劳人，少年白发，彼此同之，欲归隐而不可得，为之慨然。颔联对偶奇特，以拗取胜。后半笔意亦清新可喜。

冲雪宿新寨忽忽不乐〔一〕

县北县南何日了， 又来新寨解征鞍。
山衔斗柄三星没， 雪共月明千里寒。〔二〕
小吏有时须束带， 故人颇问不休官。〔三〕
江南长尽捎云竹， 归及春风斩钓竿。〔四〕

【注释】

〔一〕冲雪：冒雪。新寨：地名，当在叶县境。忽忽：失意貌。

〔二〕三星：心宿，天昏时见于东方。

〔三〕束带：小吏见上官，须束带。

〔四〕捎云：拂云。

【说明】

山谷为叶县尉，经常因公差下乡。诗写无日不奔波于道途中，往往至夜间始解鞍休息，其行役之苦可知。加之身为小吏，见上官必须束带、受尽屈辱，故发为归隐之思。五、六句原作“俗学近知回首晚，病身全觉折腰难”，王荆公见之，击节称叹，谓黄某清才，非奔走俗吏（见黄䓨《山谷先生年谱》引《垂虹诗话》）。今集中所载，乃改后本，词更委婉，视原作为胜。

郭明甫作西斋于颍尾，请予赋诗二首（选一）

食贫自以官为业，闻说西斋意凛然。〔一〕
万卷藏书宜子弟，十年种木长风烟。
未尝终日不思颍，想见先生多好贤。
安得雍容一尊酒，女郎台下水如天。〔二〕

【注释】

〔一〕食贫：生活贫困。《诗·氓》："三岁食贫。"凛然，敬畏。

〔二〕雍容：从容不迫。女郎台：在颍州。相传鲁昭侯娶胡女，筑女郎台以宾之。

【说明】

诗前四句写西斋内有万卷藏书，外有优美自然环境，正是适宜于子弟读书之地。后四句写郭明甫好贤，甚思相就对饮，一览女郎台胜景。颔联对得圆活，颈联对得流畅，首尾连贯，结构完密。

过平舆怀李子先，时在并州〔一〕

前日幽人佐吏曹，我行堤草认青袍。〔二〕
心随汝水春波动，兴与并门夜月高。〔三〕
世上岂无千里马，人中难得九方皋。〔四〕
酒船鱼网归来是，花落故溪深一篙。

【注释】

〔一〕平舆：县名，属蔡州。并州：今山西太原。

〔二〕幽人：幽雅闲静之人，指李子先。吏曹：县吏分科办事，如功曹、法曹之类。青袍：读书人所著。此谓见堤草而忆及子先。

〔三〕“心随”二句：此二句皆从山谷一边说。汝水春波是近景，本人所在地；并门夜月是远景，子先所在地。盖因物托兴，怀念友生也。

〔四〕九方皋：春秋时善相马者。

【说明】

此诗山谷解叶县尉作。诗中充分反映作者不愿为官思想，劝李一同归隐。前四句写景，景中寓情，情景交融，形象鲜明。后四句抒情，言无知音，不如归去渔钓好。“世上”二句，意相连贯，笔有开合，所以为佳。山谷教人，谓此可为律诗之法（见《潜夫诗话》），盖自鸣得意矣。

和师厚郊居示里中诸君〔一〕

篱边黄菊关心事，窗外青山不世情。〔二〕
江橘千头供岁计，秋蛙一部洗朝酲。〔三〕
归鸿往燕竞时节，宿草新坟多友生。〔四〕
身后功名空自重，眼前樽酒未宜轻。〔五〕

【注释】

〔一〕师厚：谢景初字师厚，山谷丈人。山谷自谓从师厚得句法。

〔二〕不世情：谓不似世人之趋炎附势也。

〔三〕江橘千头：三国吴李衡种橘千树，临终敕其子曰："吾有千头木奴，可以不贫。"秋蛙一部：南齐孔稚圭，门庭之内，草莱不剪，中有鸣蛙，自谓"我以此当两部鼓吹"。

〔四〕宿草：《礼记·檀弓》："朋友之墓，有宿草而不哭焉。"

〔五〕"身后"二句：晋张翰尝谓："使我有身后名，不如即时一杯酒。"李白诗："且乐生前一杯酒，何须身后千载名。"

【说明】

山谷作此诗时，谢师厚分司西京洛阳，因师厚丐闲，故得此闲职。"篱边黄菊""窗外青山"，皆闲者所乐，与三、四句一用李衡事，一用孔稚圭事，凡以见师厚之生活情趣。入后言人命短促，且趣此生，奚暇计及身后之功名。纪昀于颈联为之解曰："归鸿往燕，言时光之易逝；宿草新坟，言人事之难久。"诠释最当。全诗八句皆对，颈联两句对又当句对。多写景句，情假景以见，凡此皆为艺术上之特点。

汴岸置酒赠黄十七〔一〕

吾宗端居蘩百忧，　长歌劝之肯出游。〔二〕
黄流不解涴明月，　碧树为我生凉秋。〔三〕
初平群羊置莫问，　叔度千顷醉即休。〔四〕
谁倚柁楼吹玉笛，　斗杓寒挂屋山头。〔五〕

【注释】

〔一〕汴岸：汴河岸。黄十七：即黄介，字幾复，其在家庭中排行为第十七。

〔二〕端居：平居。藂：同“丛”。

〔三〕涴（wò）：污染。

〔四〕初平：皇（黄）初平牧羊，有道士将至金华山。后其兄求得之，问羊何在，初平叱之，白石皆起成羊。叔度：后汉黄宪字叔度，郭泰曰：“叔度汪汪若千顷陂。”

〔五〕柁楼：船尾设柁，其势高，故以楼名之。斗杓：即斗柄。屋山：屋脊。

【说明】

山谷于元丰三年（1080）罢北京（大名）教授，入汴京改官，得知太和县。此诗作于离开汴京前夕，亦山谷自以为得意者。其中“黄流”一联，洪龟父谓“深类老杜”，山谷颇以为然。按此联挺拔有力，纪昀目为“绝佳”，又于五、六句解之曰：“此言神仙可不必学，且与世浮沉，取醉为佳耳。”深得其义。

池口风雨留三日〔一〕

孤城三日风吹雨，　小市人家只菜蔬。〔二〕
水远山长双属玉，　身闲心苦一舂锄。〔三〕
翁从旁舍来收网，　我适临渊不羡鱼。〔四〕
俯仰之间已陈迹，　暮窗归了读残书。

【注释】

〔一〕池口：地名，在贵池。

〔二〕孤城：指池口。

〔三〕属玉、舂锄：皆水鸟。“水远山长”“身闲心苦”，是互文。

〔四〕临渊不羡鱼：《汉书·董仲舒传》：“临渊羡鱼，不如退而结网。”山谷反其意而用之，以喻己无意于仕宦。

【说明】

此诗为山谷自汴京赴太和任经途所作。写民间之贫困生活，与所见属玉、舂锄，俱身闲心苦，皆有作者自己影子，而其词隐。接写渔翁收网，身亲见之，不生羡慕，亦有托意。其不乐仕进之心，盖微而显矣。风格古朴淡雅，诚如方东树《昭昧詹言》所云：“别有风味，一洗腥腴。”

题落星寺四首〔一〕（选一）

落星开士深结屋，　龙阁老翁来赋诗。〔二〕
小雨藏山客坐久，　长江接天帆到迟。
宴寝清香与世隔，　画图妙绝无人知。〔三〕
蜂房各自开户牖，　处处煮茶藤一枝。〔四〕

【注释】

〔一〕山谷真迹，此首题云：“题落星寺岚漪轩。”落星寺：在南康，相传有星落地，化为巨石，于是在石旁建落星寺。

〔二〕开士：和尚之尊称，此指寺僧择隆。择隆在落星胜处建宴坐小轩，曰“岚漪轩”。龙阁老翁：史容注：“当谓李公择。”公择，南康人，山谷母舅，曾任龙图直学士。

〔三〕宴寝清香：用韦应物《郡斋雨中与诸文士燕集诗》：“宴寝凝清香。”“画图”句：原注：“僧隆画甚富，而寒山拾得画最妙。”

〔四〕蜂房：形容山腰室庐参差高下之致。藤一枝：谓藤杖。第一首亦有“更借瘦藤寻上方”之句。或谓“到处都用一根枯藤烧火煮茶”，可备一说。

【说明】

诗写岚漪轩之胜概，一“深”字几贯注全篇：雨藏山，深也；帆到迟，深也；与世隔，深也；无人知，深也。第一首亦有“蜜房各自开牖户”之句，形象贴切，盖山谷自以为得意者。故两用之。通篇多拗句，故笔力老健。

次元明韵寄子由〔一〕

半世交亲随逝水，　几人图画入凌烟。〔二〕
春风春雨花经眼，　江北江南水拍天。
欲解铜章行问道，　定知石友许忘年。〔三〕
脊令各有思归恨，　日月相催雪满颠。〔四〕

【注释】

〔一〕元明：黄大临字元明，山谷之兄。子由：苏辙字子由，东坡之弟，时监筠州盐酒税。

〔二〕凌烟：阁名，唐贞观中功臣图形于此。

〔三〕铜章：县令铜章墨绶，时山谷为太和令。忘年：年龄差距较大之人结交为忘年交。

〔四〕“脊令”句：史容注：“言彼此皆有兄弟之思，如脊令在原也。”脊令，鸟名，亦作鹡鸰。曾国藩《求阙斋读书录》云：“子由思东坡，山谷思元明，故曰脊令各有恨也。”即沿用史注。雪满颠：言满头白发。

【说明】

山谷缔交于东坡兄弟，情谊甚深，其政治立场大抵相同，俱落元祐党籍。子由之从绩溪谪地还朝，山谷有诗相赠，喜形于色。此诗写作时间在前，其中言交亲有不少已经物故，至于画像凌烟阁者几何人哉！且看万花开落于春风春雨中，时光如此之速，而江北江南水势拍天，一片茫茫，行旅如此之艰，睹此情景，何若退隐之为得。想子由同此心理。况俱有兄弟之思，安可因循仕途而不归也？首联对得令人不觉，颔联笔势宏放，且字字有出处，又不害其为己诗。杨诚斋《诗话》曾拈出以示人，盖以为作诗之妙用也。

次韵寄上七兄〔一〕

学得屠龙长缩手，　炼成五色化苍烟。〔二〕
谁言游刃有余地？　自信无功可补天。〔三〕
啼鸟笑歌追暇日，　饱牛耕凿望丰年。〔四〕
荷锄端欲相随去，　邂逅青云恐疾颠。

【注释】

〔一〕七兄：指元明。

〔二〕屠龙：《庄子·列御寇》："朱泙漫学屠龙于支离益，单千金之家，三年技成而无所用其巧。"缩手：言空有屠龙之技而无所用之。五色：指石。《列子·汤问》有女娲氏炼五色石以补天之说。化苍烟：言无补天之用。

〔三〕游刃有余地：《庄子·养生主》言庖丁解牛："恢恢乎其于游刃必有余地矣。"此以言屠龙技术之精。

〔四〕耕凿：帝尧时，有老人击壤于衢曰："凿井而饮，耕田而食，帝何力于我哉？"（见《帝王世纪》）

【说明】

此诗山谷为兄弟俱不得志而兴叹。学得屠龙术而无龙可屠，炼得五色石而无天可补，贤才之不得见用于世，盖比比皆是矣。谓宜与元明偕归耕凿，暇日追随，娱情花鸟，而邂逅富贵，自非绝无可能，顾高明之家，鬼瞰其室，危亦甚矣。前半用典，而以三、四句分承一、二句，气象宏大，笔势跳荡。后半写田园生活之可乐，富贵必履危机，意思更深一层。

寄袁守廖献卿〔一〕

公移猥甚丛生笋，讼牒纷如蜜分窠。〔二〕
少得曲肱成梦蝶，不堪衙吏报鸣鼍。〔三〕
已荒里社田园了，可奈春风桃李何。〔四〕
想见宜春贤太守，无书来问病维摩。〔五〕

【注释】

〔一〕廖献卿：时为袁州太守，其生平不详。

〔二〕公移：公家檄文。讼牒：狱讼文案。

〔三〕曲肱：《论语》："曲肱而枕之。"梦蝶：《庄子·齐物论》："庄周梦为蝴蝶。"鸣鼍（tuó）：鼍，鼍鼓，鼍善鸣，以其皮蒙鼓，发声大。

〔四〕里社：古民间得立社，曰里社。

〔五〕病维摩：维摩即维摩诘，佛在世之大居士，其室内唯置一床，以疾而卧。山谷以此自比。

【说明】

诗写簿领之困人，偶一卧枕，睡尚未酣，便为衙鼓所唤醒；而旅居异乡，徒使里社田园荒芜，桃李自开无主，但呼负负而已。首联以丛生笋比喻公移之猥甚，蜜分窠比喻讼牒之纷如，何等形象！中两联俱流水对，疏畅明快。结尤别致，其所以无来书者，宁非困于簿领之故？然此意不露，耐人寻味。

登快阁〔一〕

痴儿了却公家事，　快阁东西倚晚晴。〔二〕
落木千山天远大，　澄江一道月分明。
朱弦已为佳人绝，　青眼聊因美酒横。〔三〕
万里归船弄长笛，　此心吾与白鸥盟。

【注释】

〔一〕快阁：在太和县。时山谷为太和令。

〔二〕痴儿：《晋书·傅咸传》："生子痴，了官事。"此处山谷以自嘲。

〔三〕朱弦：琴弦。佳人：指知音。此句用钟子期故事，子期死，伯牙终身不复鼓琴。青眼：阮籍能为青白眼，青眼以待可喜之人。

【说明】

诗叹无知音，而屈居下僚，不堪簿领之困扰，故萌归隐之念。首以料理公家事为痴儿，其不乐之情可见。欣逢晚晴，登上快阁，见千山木落，遥天无际，一道澄江，月色分明，此真见道之言。柳子厚诗云："木落寒山静，江空秋月明。"此诗本之，而境界更为开阔。二句盖以自况其光风霁月之胸怀，而缚于吏事，其何能堪？终当舍之而去，逍遥江湖之上，与白鸥为友也。姚鼐《今体诗抄》评曰："豪而有韵，此能移太白歌行于七律内者。"方东树《昭昧詹言》亦云："寓单行之气于排偶之中。"皆有以见其艺术上之特色也。

赠郑交〔一〕

高居大士是龙象，　草堂丈人非熊罴。〔二〕
不逢坏衲乞香饭，　唯见白头垂钓丝。〔三〕
鸳鸯终日爱水镜，　菡萏晚风雕舞衣。〔四〕
开径老禅来煮茗，　还寻密竹径中归。〔五〕

【注释】

〔一〕郑交：武宁隐士，筑草堂以居。曾国藩曰："山谷以元丰六年解官太和，过武宁，闻惟清上人当至延恩寺，因谒郑交问消息，题此诗于郑交草堂之壁。"

〔二〕高居大士：指灵源史惟清。龙象：任渊注："龙水行中力大，象陆行中力大，故今以负荷大法者比之龙象。"草堂丈人：指郑交。熊罴：按《史记·齐世家》，周西伯（文王）将猎，卜之，曰："所获非虎（《六韬》作'非熊'）非罴，所获霸王之辅。"卒遇吕尚于渭水之滨，载与俱归，立为师。

〔三〕坏衲：指惟清。白头：指郑交。

〔四〕水镜：一般为识鉴清明者之称。此以镜形容水，言其清明也。菡萏（hàn dàn）：荷花。舞衣：形容荷花在风中摇摆。

〔五〕老禅：指延恩长老法安师。

【说明】

郑交是此篇之主，惟清、法安是宾，交错成文。起二句一宾一主，雄整琢炼。三、四句分承，谓惟清未至延恩，唯见郑交而已。"不逢""唯见"二句开合有力。后四句写草堂风物，提出另一宾法安，谓法安既至，更有待于惟清之来临也。

寄黄幾复〔一〕

我居北海君南海，　寄雁传书谢不能。〔二〕
桃李春风一杯酒，　江湖夜雨十年灯。〔三〕

持家但有四立壁，　治病不蕲三折肱。〔四〕
想得读书头已白，　隔溪猿哭瘴溪藤。〔五〕

【注释】

〔一〕黄幾复：黄从善字幾复，山谷同乡，时为四会令。

〔二〕“我居”句：山谷尝有跋云：“幾复在广州四会，予在德州德平镇，皆海滨也。”谢不能：用《汉书·项籍传》：“陈婴谢不能。”陈衍《宋诗精华录》云：“次句语妙，化臭腐为神奇也。”

〔三〕“桃李”二句：任渊注：“皆记忆往时游居之乐，今既十年矣。”张文潜评二句“真是奇语”(《王直方诗话》)。

〔四〕四立壁：《汉书·司马相如传》：“家徒四壁立。”三折肱：任渊注：“《左传》：齐高疆曰：‘三折肱知为良医。’此借用，言其谙练世故，不待困而后知也。”与上句合看，盖言幾复有生知之才而不见大用，所以深惜之也。句法倒装。

〔五〕“想得”二句：意谓读书空自头白，与猿哭声相应和，正见幾复之不得志，为令僻远之小邑。山谷《次韵幾复和答所寄》云：“地褊未堪长袖舞，夜寒空对短檠灯。”亦即此意。

【说明】

山谷与黄幾复结交颇早，于其人其学，皆极称之。而困于卑职，甚不得意。作此诗时，二人天各一涯，回忆十年前杯酒相从之乐，恍如隔世。幾复为令四会，乃蛮烟瘴雨之地，其不自聊可以想见。而怀友深情，溢于楮墨之间。“桃李”一联，早已脍炙人口。汪彦章诗云：“千里江山渔笛晚，十年灯火客毡寒。”胡仔诗云：“钓艇江湖千里梦，客毡风雪十年寒。”(《苕溪渔隐丛话》)俱效其体，可见其影响之大。

黄庭坚

次韵王定国扬州见寄〔一〕

清洛思君昼夜流，　北归何日片帆收?〔二〕
未生白发犹堪酒，　垂上青云却佐州。〔三〕
飞雪堆盘鲙鱼腹，　明珠论斗煮鸡头。〔四〕
平生行乐自不恶，　岂有竹西歌吹愁。〔五〕

【注释】

〔一〕王定国：王巩字定国，自号清虚先生。与苏东坡、黄山谷游，于东坡交尤密。东坡得罪，定国亦贬宾州。后任宗正丞，又被言官指摘，出为扬州通判。

〔二〕“清洛”句：任渊注：“谓相思之心，与水无极。”

〔三〕青云：喻高官。佐州：谓为扬州通判，即太守之佐。

〔四〕“飞雪”句：言鱼腹色白，用刀切碎，如飞雪之落盘也。鲙：细切鱼肉。“明珠”句：言鸡头如明珠，多至斗量，以水煮之。鸡头，指芡实，有似明珠。

〔五〕“岂有”句：用杜牧诗：“谁知竹西路，歌吹是扬州。”谓竹西乃繁华歌舞之地，定国居之，何愁之有?

【说明】

诗前四句写王定国出倅扬州，不知何日可以还朝。后四句言扬州之可乐，既多美味，又有歌舞。全篇以安慰为主旨，颇见对朋友关切之情。造句多峭折，对仗亦精，乃山谷刻意之作。

次韵柳通叟寄王文通

故人昔有凌云赋，何意陆沉黄绶间。〔一〕
头白眼花行作吏，儿婚女嫁望还山。〔二〕
心犹未死杯中物，春不能朱镜里颜。
寄语诸公肯湔祓，割鸡令得近乡关。〔三〕

【注释】

〔一〕故人：指王文通。凌云赋：《史记·司马相如列传》：“既奏《大人》之颂，天子大悦，飘飘有凌云之气。”陆沉：见《庄子·则阳》，谓人中隐者，譬无水而沉也，此处可作埋没解。黄绶：黄色印绶，小吏所用。

〔二〕头白眼花：形容老态。行作吏：嵇康《与山巨源绝交书》：“一行作吏。”“儿婚”句：希望儿女婚嫁事了，然后归隐。

〔三〕湔祓：谓湔拂去其恶也。此处含有提拔之意。割鸡：《论语》：“割鸡焉用牛刀？”言治小邑不须大才。此处作邑宰讲。

【说明】

此诗皆就王文通立言，彼盖怀才而不得大用者。首二句即表示此意，感慨特深。“头白眼花”与“儿婚女嫁”，既两句对又当句对，并极形象。一行作吏，老境已至，原可以致仕矣，然不即去者，以向平之愿未了。可见仕非其本心，而久屈下僚，其不平之气，自在不言之中。唯其不平，故须以酒浇之。末承第四句来，冀诸公待以青眼，俾得移官于故乡近处也。艺术上之特点：字烹句炼，气脉挺拔跌宕。

和游景叔月报三捷〔一〕

汉家飞将用庙谋，　复我匹夫匹妇仇。〔二〕
真成折棰禽胡月，　不是黄榆牧马秋。〔三〕
幄中已断匈奴臂，　军前可饮月氐头。〔四〕
愿见呼韩朝渭上，　诸将不用万户侯。〔五〕

【注释】

〔一〕游景叔：名师雄。西蕃唃（gǔ）氏首领鬼章青宜结引兵攻占洮州，朝廷遣将作监丞游师雄与知岷州种谊商议用兵利害，决计讨之。卒复洮州，擒鬼章。师雄为赋绝句四首，七律一首，山谷皆有和作，今选七律一篇。

〔二〕汉家飞将：汉李广为匈奴所畏，号飞将军。此以称游景叔。庙谋：庙堂筹策。“复我”句：葛伯仇饷，汤征之，四海之内皆曰：“非富天下也，为匹夫匹妇复仇也。”（见《孟子》）匹夫匹妇，指庶人。

〔三〕黄榆：秦却匈奴，树榆为塞。牧马：贾谊《过秦论》：“胡人不敢南下而牧马。”言不敢南犯也。

〔四〕幄中：《汉书·张良传》：“运筹帷幄之中。”匈奴臂：汉通西域，以断匈奴右臂。此言平鬼章，是断西夏右臂也。月氐头：《汉书·张骞传》：“匈奴破月氐王，以其头为饮器。”月氐，西域国名。

〔五〕呼韩：汉宣帝甘露三年（前 51），呼韩单于来朝，帝登渭桥见之。杜甫诗：“愿见北地傅介子，老儒不用尚书郎。”此联用其句律。

【说明】

诗写克敌致果，是为匹夫匹妇复仇，表明非穷兵黩武。而谓用兵出自庙谋，是归功于朝廷。鬼章与西夏相结，西夏世为宋患，今灭鬼章，则西夏孤立，不能肆意寇边。如此立言，足张宋威，具见作者爱国思想。结承起处更申言之，谓不恃武力以待外夷之来朝，而以德招来之意，自在不言中矣。中国自古尚德化，帝舜曾“诞敷文德，舞干羽于两阶”，以服有苗，山谷盖继承此种思想也。诗不为律缚，而以达意为尚。中二联属对精工，颇具声势，是山谷律诗胜处。

和答元明黔南赠别〔一〕

万里相看忘逆旅，　三声清泪落离觞。〔二〕
朝云往日攀天梦，　夜雨何时对榻凉。〔三〕
急雪脊令相并影，　惊风鸿雁不成行。〔四〕
归舟天际常回首，　从此频书慰断肠。〔五〕

【注释】

〔一〕黔南：山谷谪地，在今四川。赠别：山谷贬黔南，元明送至其地，临别，有诗赠山谷，山谷和答此篇。

〔二〕逆旅：客舍。

〔三〕“朝云”句：任渊注：“谓与元明同来巫峡也。”宋玉《高唐赋》：“昔者先王……梦见一妇人曰：‘……妾在巫山之阳，高丘之阻，旦为朝云，暮为行雨，朝朝暮暮，阳台之下。’”

〔四〕“急雪”句：任渊注：“谓元明同忧患。”“惊风”句：言元明别去。

〔五〕归舟天际：谓元明于归舟中常回头西望，以表示依恋之意。谢朓诗：“天际识归舟。”

【说明】

元明送山谷至贬所，留数月别去，掩泪握手，不胜依恋。其兄弟急难之情，无以复加。唯其情至，故诗亦至焉。诗从兄弟二人旅居黔南写起，接写相别之难忍。因追忆往日同上巫峡，历道途之艰险，相依为命。而从今分手之后，再会必难。再接下去，重复上面两层意思，而借喻于脊令之并影，鸿雁之断行，既以见兄弟之深情，且又富于形象性，更加强感染力。末以多通书相期，盖于无可奈何中，欲借此得万一之安慰尔。

次韵杨君全送酒

扶衰却老世无方，　唯有君家酒未尝。
秋入园林花老眼，　茗搜文字响枯肠。〔一〕
醡头夜雨排檐滴，　杯面春风绕鼻香。〔二〕
不待澄清遣分送，　定知佳客对空觞。

【注释】

〔一〕花老眼：花，名词动用，谓使老眼生花。

〔二〕醡：压酒具。

【说明】

此诗为感谢杨君全送酒而作。谓世无却老之方，唯君家所酿之酒其或庶几焉。三、四句写老态，承第一句来。以下写酒之香美，正可用来款待客人。把酒写得作用如此之大，且又急应时须，可感之意，隐寓其中。山谷从自己一边说，谓杨君全为使我的客人有酒喝，故特送酒来也。诗分两截，但第二句已开下截意，把两截连贯起来，结构严密。夜雨滴檐，春风生香，形似之笔，清新可喜。

次韵马荆州〔一〕

六年绝域梦刀头，　判得南还万事休。〔二〕
谁谓石渠刘校尉，　来依绛帐马荆州。〔三〕
霜髭雪鬓共看镜，　茱糁菊英同送秋。
它日江梅腊前破，　还从天际望归舟。〔四〕

【注释】

〔一〕马荆州：马瑊字中玉，时任荆州太守。

〔二〕六年：山谷谪黔、戎凡六年。梦刀头：意谓作还乡梦。《古乐府》云："何当大刀头？"刀头有环，"环"谐音"还"，言何时当还也。判得：拚得。

〔三〕石渠刘校尉：汉刘向尝讲论五经于石渠阁，又为中垒校尉。此处山谷以刘向自比。绛帐马荆州：汉马融尝为南郡太守，南郡即荆州地。融又常坐高堂，施绛帐，前授生徒，后列女乐。此以马融比马中玉，切其姓与官职。

〔四〕天际望归舟：用谢朓诗句："天际识归舟。"任渊注："中玉维扬人，官当满明年之冬，道出当涂，于时山谷已赴太平矣，故有望归舟之语。"

【说明】

山谷于绍圣二年（1095）赴黔南贬所，复徙戎州，至元符三年（1100）遇赦，凡六年，东归至荆南，留其地。诗前四句即叙此事。在荆南，山谷辞吏部员外郎之命，乞知太平州。后四句写与马中玉荆南相聚之事，以及到太平后将迎中玉官满还乡。用笔纵恣壮阔，对仗精工，是山谷力作。

赠李辅圣

交盖相逢水急流，　八年今复会荆州。〔一〕
已回青眼追鸿翼，　肯使黄尘没马头。〔二〕
旧管新收几妆镜，　流行坎止一虚舟。〔三〕
相看绝叹女博士，　笔砚管弦成古丘。〔四〕

【注释】

〔一〕"交盖"句：任渊注："言卒然相遇，不容少停，如流波之急也。"

〔二〕"已回"句：任渊注："用嵇康诗'目送归鸿'之意。""肯使"句：任渊注："谓不复浮沉京洛风尘间也。"

〔三〕旧管新收：吏文书中用语。妆镜：妇女所用镜子。流行坎止：用贾谊《鹏鸟赋》"乘流则逝兮，得坻则止"之意，谓当委运乘化也。

〔四〕女博士：称女子之有才华者。原注："女博士谓辅圣后房孔君也，于文艺无所不能，皆妙绝。"

【说明】

山谷与李辅圣别后八年相会于荆州而作此诗。因其有谪贬黔戎之痛苦经历，故无意于仕途。时李辅圣遭后房孔君之丧，山谷劝其以随顺为心，既以慰李，亦隐含自慰之意。颔联跌宕多姿，与颈联并精于对仗，又旧管新收，以俗为雅，此山谷作诗之妙用也。

新喻道中寄元明用"觞"字韵〔一〕

中年畏病不举酒，　孤负东来数百觞。〔二〕
唤客煎茶山店远，　看人获稻午风凉。
但知家里俱无恙，　不用书来细作行。
一百八盘携手上，　至今犹梦绕羊肠。〔三〕

【注释】

〔一〕新喻：县名，即今江西新余。

〔二〕中年：一般称四十或五十岁为中年。山谷《宿旧彭泽怀陶令》云："属予刚制酒。"时年三十六，已戒酒，则亦可称中年矣。

〔三〕一百八盘：元明送山谷往黔中时途中经过之地。羊肠：逼仄盘曲之小路。

【说明】

山谷以崇宁元年（1102）四月朔来萍乡省其伯兄元明，留十五日别去，作此诗。据诗题，诗作于新喻道中，新喻距萍乡不甚远，则作诗时间当亦在四月，故任渊注以为别后所作。然曾国藩谓“获稻殊不类四月间事”，持怀疑态度，究应作于何时，彼亦未言。诗首写在萍乡少宴饮之乐，继写自己行在新喻道中之事，再写别后相思之情。所欲知者，家书报平安尔，无烦多言。颈联语浅情深，故极动人，而十四字作一句读，不觉其为对偶也。

湖口人李正臣蓄异石九峰，东坡先生名曰“壶中九华”，并为作诗。后八年自海外归，过湖口，石已为好事者所取，乃和前篇以为笑，实建中靖国元年四月十六日。明年当崇宁之元五月二十日，庭坚系舟湖口，李正臣持此诗来，石既不可复见，东坡亦下世矣，感叹不足，因次前韵

有人夜半持山去，　顿觉浮岚暖翠空。〔一〕
试问安排华屋处，　何如零落乱云中。〔二〕
能回赵璧人安在。　已入南柯梦不通。〔三〕
赖有霜钟难席卷，　袖椎来听响玲珑。〔四〕

【注释】

〔一〕“顿觉”句：意谓失此奇石，遂无复浮岚暖翠矣。任渊注：“谓失此石之清寒，遂觉瘴岚暖气浮动于太虚耳。”似与原意不符。

〔二〕“试问”二句：曹植诗：“生存华屋处，零落归山丘。”此借用其词语。

〔三〕“能回”句：秦王欲以十五城予赵取和氏璧，蔺相如奉璧赴秦，度秦王负约无偿城意，使从者怀璧亡归赵。南柯：唐李公佐《南柯太守传》记淳于棼梦至大槐安国，为南柯太守，备极荣华。后被遣归，梦醒，寻宅南槐树下一蚁穴，即所谓大槐安国者是也。后遂谓富贵虚幻为南柯一梦。任渊注：“谓东坡已死，此段陈迹遂成幻境，不可复追寻也。”

〔四〕霜钟：谓石钟山。《山海经》曰：“丰山有九钟焉，是知霜鸣。”此借用其字。

【说明】

壶中九华与东坡有一段因缘，后石为好事者所取，不知下落。此诗前四句即咏此事。五、六句写东坡已死，因石之失而及人，饱含痛悼之意。末二句就眼前景宕开作收。潘伯鹰《黄庭坚诗选》谓此诗“实际上是借石头以追悼东坡的。句句说的石头，却句句影罩着东坡”，其言极有见地。

追和东坡题李亮功归来图

今人常恨古人少，　今得见之谁谓无。
欲学渊明归作赋，　先须摩诘画成图。〔一〕
小池已筑鱼千里，　隙地仍栽芋百区。〔二〕
朝市山林俱有累，　不居京洛不江湖。〔三〕

【注释】

〔一〕渊明归作赋：陶渊明为彭泽令，自免去职，作《归去来兮辞》。此以渊明比李亮功。摩诘：王维字摩诘，工画，此以比为李亮功作《归来图》者。

〔二〕“小池”句：陶朱公《养鱼经》载，以六亩地为池，池中有九洲，鱼在池中，周绕九洲无穷，自谓江湖也。此句言筑池养鱼。

〔三〕朝市：与下句京洛对应。山林：与下句江湖对应。

【说明】

诗上半赞李亮功为今之古人，其决将罢官而归隐，作《归来图》以明其志趣，是陶渊明一流人物。下半写图中景，以见其隐居所欲为，养鱼栽芋，自食其力，是真隐者也。朝市山林，均不利于躬耕，非所宜居之地。陶渊明诗云：“人生归有道，衣食固其端。孰是都不营，而以求自安？”末四句盖隐含此意。起得突兀，行以古文笔法，为一篇胜处。首尾俱发议论，中间叙事写景，错综有致。

太平寺慈氏阁〔一〕

青玻璃盆插千岑，湘江水清无古今。〔二〕
何处拭目穷表里。太平飞阁暂登临。
朝阳不闻皂盖下，愚溪但见古木阴。〔三〕
谁与洗涤怀古恨。坐有佳客非孤斟。〔四〕

【注释】

〔一〕太平寺慈氏阁：太平寺在永州，寺有慈氏阁。

〔二〕青玻璃盆：谓湘江水清有似玻璃盆。韩愈诗云：“太白山高三百里，负雪崔嵬插花里。”此句盖脱化于此。

〔三〕“朝阳”句：元结任舂陵太守时，泊舟得岩，为此邦之形胜，以其东向，遂以“朝阳”命之，见所作《朝阳岩铭》。“愚溪”句：柳宗元任永州司马时，见冉溪爱之，自以愚触罪谪此，遂更之为愚溪，见所作《愚溪诗序》。

〔四〕佳客：指曾公衮。山谷原注：“晚与曾公衮同登。”

【说明】

山谷赴宜州贬所，途经永州，登慈氏阁而作此诗。先写登临所见江上胜景，然后抒写怀古之情，引元结、柳宗元以自比。二人皆郁郁不得志者，因触发自己身世之感，一“恨”字正表明诗人之极端不平。上半写景，用逆笔，奇气鼓荡。下半抒怀，有不见古人，怆然涕下之意。通篇不为律缚，运用古文笔法，是得力于杜甫者。

宜阳别元明用“觞”字韵

霜须八十期同老，酌我仙人九酝觞。〔一〕
明月湾头松老大，永思堂下草荒凉。〔二〕
千林风雨莺求友，万里云天雁断行。〔三〕
别夜不眠听鼠啮，非关春茗搅枯肠。〔四〕

【注释】

〔一〕“霜须”二句：原注：“术者言吾兄弟皆寿八十，近得重酝法，甚妙。”

〔二〕明月湾、永思堂：皆在双井。堂在先墓之侧，故以永思为名，取《诗》“永言孝思”之意也。

〔三〕“千林”二句：任渊注：“言鸟犹求友而我独与兄别也。”

〔四〕“别夜”二句：任渊注：“别绪难为情，自不能寐，非以茗碗破睡也。”

【说明】

山谷以崇宁三年（1104）至贬所宜州（即宜阳），四年（1105）作此诗，盖为元明来会之后分别时而发也。诗写怀念家山，通过一湾一堂或惜其松苍老或伤其草荒凉以表现之。其与元明别也，犹之雁断行，而与莺求友者异矣。凡此皆托喻于物，具有鲜明之形象性。又“千林”一联为反对，刘彦和所谓“理殊趣合”者，故为优也。

乞猫

秋来鼠辈欺猫死，窥瓮翻盘搅夜眠。〔一〕

闻道狸奴将数子，买鱼穿柳聘衔蝉。〔二〕

【注释】

〔一〕窥：窥伺，谓暗中偷看，有所图谋。

〔二〕狸奴：猫之别称。将数子：意谓抚养几只小猫。又一说：数，计也。陆游《老学庵笔记》记其父称晁以道之言曰：“《乞猫》

诗‘数’字当音色主反，数子谓猫狗之属多非一子，故人家生畜，必数子曰生儿子。将数子，犹言将生子也。”衔蝉：后唐琼花公主呼其养猫之白而口衔花朵者曰“衔蝉奴”(见明王志坚《表异录》)。

【说明】

诗题下有注云：“山谷手书此诗，题云《从随主簿乞猫》。”不知随主簿何名。此诗下一篇为《谢周文之送猫儿》，如随主簿已送猫，度山谷亦有谢诗，然究不知送与未送也。乞猫以诗，本寻常事，而山谷立意甚新，遣词又能变俗为雅。故后山极称之，谓“虽滑稽而可喜，千岁之下，读者如新”。

题伯时画严子陵钓滩〔一〕

平生久要刘文叔，　不肯为渠作三公。〔二〕
能令汉家重九鼎，　桐江波上一丝风。〔三〕

【注释】

〔一〕严子陵：后汉严光字子陵，少与光武同游学。及光武即帝位，除为谏议，不就，乃耕于富春山。后人名其钓处为严陵滩。

〔二〕刘文叔：刘秀字文叔，即东汉光武帝。三公：东汉以太尉、司徒、司空为三公。

〔三〕九鼎：夏禹所铸，为传国之宝。桐江：在浙江省。桐江流经桐庐县南，有严子陵渔钓处。

【说明】

严子陵敝屣富贵，不为光武屈，此作风产生深远影响。任渊注谓："东汉多名节之士，赖以久存，迹其本原，政从子陵钓竿上来耳。"此解得之。"一丝风"即指钓竿，"风"字最妙，子陵持身如此，真可风世，故产生良好效果。然似在可解不可解之间，故王若虚竟斥之为"论则高矣，而风何与焉"(《滹南遗老集》)。其亦固哉之为说也！

戏和舍弟船场探春二首〔一〕(选一)

雨余禽语催天晓， 月上梨花放夜阑。
莫听游人待妍暖， 十分倾酒对春寒。〔二〕

【注释】

〔一〕舍弟：对人自称其弟曰舍弟。此指黄叔达，字知命，工诗，附山谷集。

〔二〕对：可作敌、御解。

【说明】

诗前半写景，当天将晓之际，雨过月出，鸟语花放。后半写风物如此媚人，正好探春，虽春寒料峭，饮酒可以御之。工于对仗，饶有风韵。

赵子充示竹夫人诗，盖凉寝竹器，憩臂休膝，似非夫人之职，予为名曰“青奴”，并以小诗取之二首〔一〕

青奴元不解梳妆，　合在禅斋梦蝶床。〔二〕
公自有人同枕簟，　肌肤冰雪助清凉。〔三〕

秾李四弦风拂席，　昭华三弄月侵床。〔四〕
我无红袖堪娱夜，　政要青奴一味凉。〔五〕

【注释】

〔一〕赵子充：其人未详。

〔二〕禅斋：奉佛蔬菜。梦蝶：《庄子·齐物论》：“昔者庄周梦为蝴蝶，栩栩然蝴蝶也……俄然觉，则蘧蘧然周也。”任渊注：“山谷鼓盆已久，故用庄子梦蝶事。”按庄周妻死，鼓盆而歌（见《庄子·至乐》）。

〔三〕肌肤冰雪：《庄子·逍遥游》：“藐姑射之山，有神人居焉，肌肤若冰雪，绰约若处子。”

〔四〕秾李、昭华：任渊注：“贵人家两女妓也。”四弦、三弄：琵琶有四弦，琴曲有梅花三弄。

〔五〕红袖：女子代称。

【说明】

第一首言青奴非夫人之职，赵子充拥有美姬，安用此？顾为我所需。第二首一、二句承上首三、四句来，即下文所谓红袖娱夜之事。此则为我所无，正有赖于青奴也。风拂席、月侵床，俱见凉意，原其所从来在红袖，我则唯有取凉于青奴尔。两首立意大抵相同，而言之次序适相反。语带诙谐，意则庄重，不可以游戏笔墨目之也。

雨中登岳阳楼望君山二首〔一〕

投荒万死鬓毛斑，　生出瞿塘滟滪关。〔二〕
未到江南先一笑，　岳阳楼上对君山。

满川风雨独凭栏，　绾结湘娥十二鬟。〔三〕
可惜不当湖水面，　银山堆里看青山。

【注释】

〔一〕岳阳楼：即岳州城西门。君山：洞庭水涨时在水中，水落，居于陆。

〔二〕投荒：谓谪贬黔戎。瞿塘滟滪：指瞿塘峡、滟滪堆，皆在夔州大江中。

〔三〕“绾结”句：湘娥，指尧之二女。《山海经》曰：“洞庭之山……帝之二女居之。”君山状如二女螺髻，为数十二。

【说明】

第一首写赦还出蜀，登岳阳楼，面对君山，知归家有望，心情舒畅，故先一笑。第二首正写君山，雨中望之，如帝尧二女之鬟髻者然。惜水落，不在水中，犹若有所不足者，正见得岳阳楼之胜概，作法自别。

鄂州南楼书事四首〔一〕（选二）

四顾山光接水光，凭栏十里芰荷香。〔二〕
清风明月无人管，并作南楼一味凉。〔三〕

武昌参佐幕中画，我亦来追六月凉。〔四〕
老子平生殊不浅，诸君少住对胡床。〔五〕

【注释】

〔一〕鄂州：今湖北武汉市武昌区。

〔二〕芰：植物名，俗称菱角。

〔三〕清风明月：东坡《前赤壁赋》："惟江上之清风，与山间之明月。"

〔四〕"武昌"句：晋庾亮镇武昌，幕下诸佐吏乘秋夜共登南楼。

〔五〕"老子"二句：老子，山谷自称。庾亮于诸佐吏后至南楼，诸佐吏将起避之。亮曰："诸君少住，老子于此处兴复不浅。"便据胡床谈咏。山谷盖用此事。当时与山谷同登南楼者尚有人在，故诗中云然。胡床：今之交椅。

【说明】

第一首写南楼之清幽，风月如有情者，并入南楼，供人赏玩，所谓"无人管"，隐寓诗人赦归，已脱去拘挛，感到无限欣慰之意。

第二首写庾亮曾登南楼，与幕下诸佐吏先至者同乐。七八百年之后，山谷继武，庾亮故事遂不自期而奔赴笔下，天然巧合，不以重复为嫌，读来但觉新鲜尔。

陈师道

陈师道（1053—1102），字无己，一字履常，号后山居士，宋彭城人，历任徐州、棣州教授，以秘书省正字终。一生贫困，而耿介自守。傅尧俞怀金往见之，欲为馋，听其言论，不敢出。章惇示意秦观，欲延致之，为所拒。扈从南郊，不屑著赵挺之衣，中寒而卒。

师道诗学黄庭坚，并与之齐名，世称黄陈。又宗杜甫，往往得其神似。然有时刻意求深，不免晦涩之病。相传作诗时，拥被而卧，小儿寄邻家，猫犬亦皆逐去，故山谷有“闭门觅句陈无己”之句。有《后山集》。

别三子

夫妇死同穴，父子贫贱离。〔一〕
天下宁有此？昔闻今见之。〔二〕
母前三子后，熟视不得追。
嗟乎胡不仁，使我至于斯。
有女初束发，已知生离悲。〔三〕

枕我不肯起，畏我从此辞。〔四〕
大儿学语言，拜揖未胜衣。〔五〕
唤爷我欲去，此语那可思。
小儿襁褓间，抱负有母慈。〔六〕
汝哭犹在耳，我怀人得知。〔七〕

【注释】

〔一〕“夫妇”句：谓夫妇生常别离，至死方得同穴。《诗·大车》：“穀则异室，死则同穴。”

〔二〕“天下”二句：《后汉书·伏后传》载曹操逼汉献帝废后，帝谓郗虑曰：“郗公，天下宁有是邪！”此借用其语。言自己生不得与妻儿同居，为人世罕有之事。昔闻此语，今乃亲遭类似之悲惨事情。

〔三〕束发：童子结发为饰。

〔四〕“枕我”二句：化用杜甫《羌村》：“娇儿不离膝，畏我复却去。”

〔五〕未胜衣：体不胜衣，谓其幼弱也。

〔六〕襁褓：包裹小儿之衣被等物。

〔七〕人得知：他人哪得知道。

【说明】

元丰七年（1084），陈后山外舅郭概提点成都府路刑狱，其妻儿随郭赴任，因作此诗，充分表现骨肉离别之苦。写三儿离别时不同状态，寄托诗人深切悲痛。发于至情，弥足感人。化用古语，天衣无缝。敦诚《四松堂集·鷦鹩庵笔麈》于“有女初束发”八句评云：“置之少陵《北征》诗中，亦何能辨？”斯为得之。

示三子

去远即相忘，　归近不可忍。[一]

儿女已在眼，　眉目略不省。[二]

喜极不得语，　泪尽方一哂。[三]

了知不是梦，　忽忽心未稳。[四]

【注释】

〔一〕“去远”二句：谓三子离家既远，不得不把他们忘记，如今回来快到家门，却按捺不住自己激动之情。

〔二〕“眉目”句：谓见面时已认不得。

〔三〕“喜极”二句：写初见时悲喜之情，既细致，又曲折。

〔四〕“了知”二句：谓明知不是在梦中相见，心里却不踏实。从“相对如梦寐”“乍见翻疑梦”翻出，意思深一层。

【说明】

陈后山因无力赡养妻儿，令其寄居外家。元祐二年（1087），除徐州教授，方迎之归。《谢徐州教授启》云：“惟兹五斗之禄，足为十口之生，追还妻孥，收合魂魄，扶老携幼，稍比于人，饱食暖衣，少缓其死。”此说明自己已有官职，足以俯畜妻儿，一家共同生活。诗写三子初到家时诗人之感触，表现其喜惧交并之心理状态，既细致，又真实，感人至深。

田家

鸡鸣人当行，　犬鸣人当归。〔一〕
秋来公事急，　出处不待时。
昨夜三尺雨，　灶下已生泥。〔二〕
人言田家乐，　尔苦人得知。〔三〕

【注释】

〔一〕“鸡鸣”四句：写农民应付差事，出处无时，往往行先鸡鸣，归后犬吠。

〔二〕三尺雨：言雨之大。

〔三〕尔苦：言如许之苦。

【说明】

元祐五年（1090）后山赴颍州教授经途作此诗。写农民深受公差之苦，有家顾不上，人谁见怜？言下极叹世情之凉薄。

咸平读书堂〔一〕

昔人三百篇，　善世已有余。〔二〕
后生守章句，　不足供嗫嚅。〔三〕
一登吏部选，　笔砚随扫除。〔四〕
闭阁画眉妩，　隔屋闻歌呼。〔五〕
奉公用汉律，　宁复要诗书。〔六〕

俯首出跨下，　枉此七尺躯。〔七〕
今代陶朱公，　不作大梁屠。〔八〕
计然特未用，　意得轻全吴。〔九〕
为邦得畿县，　政密自计疏。
宁书下下考，　不奉急急符。〔一〇〕
用意簿领外，　筑室课典谟。〔一一〕
平生五千卷，　还舍不问途。〔一二〕
近事更汉唐，　稍以诗自娱。〔一三〕
复作无事饮，　醉卧拥青奴。〔一四〕
桃李春事繁，　轩窗昼景舒。
鸣屋鸠渴雨，　窥帘燕哺雏。
休吏散篇帙，　风篁献笙竽。
欣然一启齿，　斯民免为鱼。〔一五〕

【注释】

〔一〕咸平：县名，隶汴京，故诗云“畿县”。

〔二〕三百篇：指《诗经》，共有诗三百五篇，此举其整数。善世：善，动词，犹言淑世。

〔三〕守章句：言墨守章句，无用于世。

〔四〕“一登”句：谓参加吏部考试，中选得官。吏部，古时六部之一，掌管选官之事。

〔五〕画眉妩：谓眉画得妩媚。汉代张敞任京兆尹，为其妻画眉，长安中传张京兆眉妩。

〔六〕汉律：汉代律令。此借汉指宋。

〔七〕“俯首”句：向权贵卑躬屈膝。

〔八〕陶朱公：范蠡于佐越破吴之后，变姓名遨游江湖，适陶，为朱公。大梁屠：此指朱亥，亥在大梁，隐于屠间。

〔九〕计然：春秋时人，善计算，范蠡师之，用其七策中之五策而得意。

〔一〇〕“宁书下下考”二句：阳城为道州刺史，不迎合上官意旨，当观察使多次责其当上考功第时，城自署曰：“抚字心劳，征科政拙，考下下。”急急符：指府下催科之峻急命令。

〔一一〕课典谟：《尚书》有《尧典》《舜典》《大禹谟》《皋陶谟》等篇，故典谟遂成典籍之代称。课：谓以典籍为课程，即学习之意。

〔一二〕“还舍”句：言记问精熟，如走还家之路。

〔一三〕更：阅也。

〔一四〕无事饮：楚使陈轸使秦，过梁见公孙衍曰：“公何好饮也？”曰：“无事也。”青奴：一名竹夫人，凉寝之器。

〔一五〕启齿：指笑。“斯民”句：意谓不伤害老百姓，使之得以安生。

【说明】

朱智叔为咸平令，建读书堂，元符三年（1100），后山在徐州，为作此诗。诗写一般士子得官后，以奉行法令、谄媚权贵为事，贬损道德，不复诗书。而朱智叔在咸平，独能以爱民为治，并仕优而学，与众人大异其趣矣。

和饶节咏周昉画李白真〔一〕

君不见浣花老翁醉骑驴，〔二〕
熊儿捉辔骥子扶。〔三〕
金华仙伯哦七字，　好事不复千金摹。〔四〕
青莲居士亦其亚，　斗酒百篇天所借。〔五〕
英姿秀骨尚可似，　逸气高怀那得画？
周郎韵胜笔有神，　解衣槃礴未必真。〔六〕
一朝写此英妙质，　似悔只识如花人。
醉色欲尽玉色起，　分明尚带金井水。〔七〕
乌纱白纻真天人，　不用更著山岩里。〔八〕
平生潦倒饱丘园，　禁省不识将军尊。〔九〕
袖手犹怀脱靴气，　岂是从来骨相屯？〔一〇〕
仰视云空鸿鹄举，　眼前纷纷那得顾。〔一一〕
是非荣辱不到处，　正恐朝来有新句。
勿言身后不要名，　尚得吴侯费百金。〔一二〕
江西胜士与长吟，　后来不忧身陆沉。〔一三〕

【注释】

〔一〕饶节：字德操，宋抚州人。祝发为僧，更名如璧，号倚松老人。周昉：唐京兆人，善写貌，称神品。画真：画像。

〔二〕浣花：溪名，在成都，杜甫建草堂于此。

〔三〕熊、骥：杜甫二子名。

〔四〕“金华”句：金华仙伯指黄山谷。山谷尝自称：“我身金华牧羊客。”此以仙人黄初平自比。山谷有《老杜浣花溪图引》，是一首七言古诗。

〔五〕青莲居士：指李白。青莲，乡名，是李白出生之地。斗酒百篇：杜甫《饮中八仙歌》：“李白一斗诗百篇。”

〔六〕解衣槃礴：《庄子·田子方》载，宋元君将画图，召众史，有一史后至，解衣般礴裸。君曰：“是真画者也。”槃礴，同般礴，箕踞而坐。

〔七〕“醉色”二句：李白在翰林，应诏草《白莲花序》及《宫词》十首，时方大醉，中贵人以水沃之，稍醒，索笔一挥而就。金井：指宫廷中井，任渊注以益阳金井当之，恐非。

〔八〕乌纱：官帽名。白纻：纻，麻属，言以白纻为衣。

〔九〕将军：指高力士。

〔一〇〕“袖手”二句：李白一次在帝前饮酒沉醉，使高力士脱靴，力士以为耻，摘其诗语激怒杨贵妃，帝欲官白，贵妃沮止之。骨相屯：言无运气。揣骨看相，是卜人命运穷通之术。屯，艰难。

〔一一〕“仰视”句：杨雄《法言》：“鸿飞冥冥，弋人何篡焉？”嵇康《送秀才入军》：“目送归鸿。”句意谓李白如鸿鹄之高举，不屑意于富贵。

〔一二〕吴侯：指吴少卿，周昉此画为其所有。

〔一三〕江西胜士：指饶节。

【说明】

此诗作于建中靖国元年（1101），时后山任秘书省正字。诗咏周昉所画李白像，以白醉酒被诏作诗文为画面。突出白之高怀远韵，蔑视富贵，表现作者景仰之忱，亦隐然为自己写照。

题明发高轩过图〔一〕

滕王蛱蝶江都马，　一纸千金不当价。〔二〕
异才天纵非力能，　画工不是甘为下。〔三〕
今代风流数大年，　含毫落笔开山川。〔四〕
忽忘朽老压尘底，　却怪凫鸿堕目前。
尔来八二复秀出，　万里河山才咫尺。〔五〕
眼前安得有突兀，　复似天地初开辟。
明窗写出高轩过，　便逐愈湜闻吟哦。〔六〕
晚知书画真有益，　却悔岁月来无多。
官禁修严断过访，　时于僻寺逢税鞅。〔七〕
秀润如行琮璧间，　清明似引星辰上。〔八〕
忧悲愉佚百不平，　河擘太华东南倾。〔九〕
平生秀句寰区满，　掇拾余弃成丹青。〔一〇〕
平湖远岭开精神，　斗觉文字生清新。
未许二豪今角立，　要知旁有卫夫人。〔一一〕

【注释】

〔一〕明发：赵士暕字明发，宋宗室。高轩过：韩愈、皇甫湜过李贺，命赋诗，贺因作《高轩过》。此取以为图名。

〔二〕滕王：指宋宗室赵湛然，画蛱蝶有名。江都马：指唐宗室李绪，善画鞍马。“一纸”句：言滕王、江都王一张画，不止值千金。

〔三〕天纵：言天所放纵，不为限量。《论语·子罕》：“固天纵之将圣。”

〔四〕大年：宋宗室赵令穰，字大年。含毫：以口润笔。

〔五〕八二：任渊注：“当是明发行第。”“万里”句：言尺幅中有万里之势。

〔六〕愈湜：指韩愈、皇甫湜。事见注〔一〕。

〔七〕税鞅：犹言息驾。税，止；鞅，马颈革。

〔八〕“秀润”句：言其光辉照人，如行琮璧之间。琮璧，俱瑞玉名。“清明”句：言其清明在躬，如星辰之耀天。

〔九〕愉佚：欣悦。“河擘”句：传说，河神巨灵，擘开太华以通河流。任渊注：“此句言摅写之俊快也。”

〔一〇〕丹青：指绘画所用丹砂青雘之类，故画亦名丹青。

〔一一〕二豪：任渊注：“谓滕王、江都。”按：亦可谓大年、明发。卫夫人：李充母，善书。明发之妻能画，故以卫夫人为比。

【说明】

此诗建中靖国元年（1101）后山任秘书省正字时作。诗先写唐朝滕王、江都王与本朝大年画各极其妙，以此作为明发之陪衬，从而见其在绘画上之崇高地位。接写诗人与明发之关系，突出其为人与工诗，而作画乃其余事。按末二句意晦，二豪或谓指滕王、江都王，或谓指大年、明发，实属两可。又凭空拉入卫夫人，难明用意所在。或谓比明发之妻，然二人一能书，一善画，拟之不于其伦。纪昀评后山七古不如其他各体，品第居下，诚然。

寄外舅郭大夫〔一〕

巴蜀通归使，妻孥且旧居。〔二〕
深知报消息，不忍问何如。〔三〕
身健何妨远，情亲未肯疏。
功名欺老病，泪尽数行书。〔四〕

【注释】

〔一〕外舅：妻父之称。郭大夫：名概，时提点成都府路刑狱。

〔二〕“巴蜀”句：言有使者从巴蜀归来。巴蜀，秦汉二郡名，后以为四川省之称。

〔三〕“深知”二句：言明知归使是报消息，但惧事有不测，故不忍相问。从杜甫《述怀》“反畏消息来，寸心亦何有”化出。

〔四〕“功名”句：慨自己尚无官职，若为功名所欺者然。时后山年仅三十二岁，即自称老，可以知其心绪之凄苦矣。

【说明】

此诗元丰七年（1084）后山家居时作。写自己得到郭概书信之心理状态，明知报消息，正合心愿，却又不敢问消息如何。只要身健，不妨远离，但毕竟是一家人，放心不下。感情何等深挚！笔致何等婉曲！是最得力于老杜者，赵蕃谓“全篇似杜”。纪昀云：“情真格老，一气浑成。”可谓的评。

送吴先生谒惠州苏副使〔一〕

闻名欣识面，异好有同功。〔二〕
我亦惭吾子，人谁恕此公。〔三〕
百年双白鬓，万里一秋风。〔四〕
为说任安在，依然一秃翁。〔五〕

【注释】

〔一〕吴先生：任渊注："当是吴远游。"苏副使：时苏轼责授宁远军节度副使，惠州安置。《唐宋诗举要》引《苏诗总案》，绍圣三年（1096）十一月，吴复古（字远游）自高安抵达惠州访苏轼。

〔二〕"闻名"句：言昔闻吴名，今幸识面。"异好"句：言吴为方外之士，与后山不同道，而彼此俱敬仰东坡，好贤之意则同。

〔三〕"我亦"句：言自己不能如吴之往见东坡，感到惭愧。吾子，指吴远游。此公：指东坡。

〔四〕"百年"二句：用老杜"百年双白鬓，一别五秋萤"句律。且前句全用杜。"万里一秋风"者，言相距万里，心契无间，如风烟之相接也，从老杜"万里风烟接素秋"化出。

〔五〕"为说"二句：按《汉书·霍去病传》，卫青日衰，霍去病日贵，门下士多舍青而往事去病，辄得官爵，独任安不肯去。此后山以任安自比。言罢颍州教授之后，即不求仕，以无负于东坡也。秃翁，后山自指。

【说明】

此诗后山于绍圣元年（1094）罢颍州教授家居时作。首写吴之往谒东坡，在东坡得罪时而出此，实属难能。然后写己之所以待东坡者，与吴所为虽不同，然一则远道往谒，一则与之同进退，其好贤一也，斯所谓“有同功”欤。格老句健，允称力作。

宿深明阁二首〔一〕

窈窕深明阁，　晴寒是去年。〔二〕
老将灾疾至，　人与岁时迁。
默坐元如在，　孤灯共不眠。〔三〕
暮年身万里，　赖有故人怜。〔四〕

【注释】

〔一〕深明阁：在陈留佛寺。绍圣初，山谷因修《神宗实录》被诬为不实，召至汴京受审，寓居此阁。

〔二〕窈窕：深远貌。

〔三〕元如在：任渊注：“谓神交心契，如在其前。”

〔四〕故人：指曹伯达、张茂宗。山谷《与张叔和书》：“某至黔州将一月矣，曹守张倅相待如骨肉。”

【说明】

绍圣三年（1096），后山寓曹州，尝往雍丘展外大父庞丞相籍墓，过陈留宿此阁，怀念山谷，因作二诗。前篇写山谷寓此阁，受审获贬。我今过宿，追想其人，宛与之接；但一定睛，只见孤灯相对，不能成眠。听说山谷在黔州得到故人之厚待，为之稍慰。感情真挚，语意深切。五、六句纪昀谓是后山独造，诚一篇之警策也。

缥缈金华伯，　人间第一人。〔一〕
剧谈连昼夜，　应俗费精神。〔二〕
时要平安报，　反愁消息真。〔三〕
墙根霜下草，　又作一番新。〔四〕

【注释】

〔一〕缥缈：远视貌。木华《海赋》：“群仙缥缈。”因后山目山谷为仙人，故云。

〔二〕“剧谈”句：言山谷受审之际，侃侃而谈，无所顾忌。

〔三〕“时要”二句：言要时常得到山谷平安消息，但又怕消息不好，此种心理状态，正见得后山对山谷感情之深挚。纪昀评云：“五、六即‘深知问消息，不忍道何如’之对面，从老杜‘反畏消息来’句脱出，而换一‘真’字，便有路远言讹惊疑万状之意，用意极其沉刻。”

〔四〕“墙根”二句：韩愈《秋怀》云：“白露下百草，萧兰共雕悴。青青四墙下，已复生满地。”后山化用其语，以讽新党之重复得势。纪昀曰：“结句托喻，故不着迹，只似感伤时序者然。”

【说明】

诗写山谷以世上第一等人而被审讯，表明其为诬陷，并暗示当时朝政之非，小人复起。在此恶劣政治环境中，事正叵测，故怕听到有关山谷不幸消息，正见其关切之深。

登快哉亭〔一〕

城与清江曲，　泉流乱石间。
夕阳初隐地，　暮霭已依山。〔二〕
度鸟欲何向，　奔云亦自闲。
登临兴不尽，　稚子故须还。〔三〕

【注释】

〔一〕快哉亭：在徐州，李邦直所建，苏轼命名。

〔二〕暮霭：傍晚云烟。

〔三〕稚子：幼儿。

【说明】

此诗元符元年（1098）后山在徐州作。一、二句写近景，三、四句写远景，五、六句从陶渊明《归去来兮辞》“云无心以出岫，鸟倦飞而知还”化出，而造语自别，故不露痕迹。此境有契于诗人之心情，故于兴未尽而归，为之怅然。任渊注云：“以稚子候门之故，不尽兴而还。”大抵因联想渊明“稚子候门”之句而得此解。但其意颇晦，盖谓稚子无欣赏自然美之能力，要求回家，因之不能再留。纪昀评云：“刻意陶洗，气格老健。”殆诚然矣。

怀远

海外三年谪，　天南万里行。〔一〕
生前只为累，　身后更须名。〔二〕

未有平安报，　空怀故旧情。
斯人有如此，　无复涕纵横。〔三〕

【注释】

〔一〕“海外”二句：东坡以绍圣四年（1097）谪儋州，至元符二年（1099）后山作此诗，已经三年。

〔二〕“生前”二句：任渊注：“言生前尚以名为累，死后亦复何须。”

〔三〕斯人：指东坡。“无复”句：纪昀曰：“末句所谓人生到此，夫复何言！惟以冥情处之耳。”

【说明】

此诗元符二年（1099）后山在徐州作，所以怀念东坡者。诗言东坡声名大，遭人嫉妒，故有海外之谪。许久不得其消息，添人怀想。想及其遭遇之惨酷，真是无可言者。同一年写于此篇前之《元日雪》云：“遥忻炎海上，还复得新年。”为得到东坡无恙消息而喜，此诗又言为未得平安报而忧，从后山忧喜中可见其对东坡之深情。

元符三年七月，蒙恩复除棣学，喜而成诗〔一〕

老作诸侯客，　贫为一饱谋。〔二〕
折腰真耐辱，　捧檄敢轻投？〔三〕
早作千年调，　中怀万斛愁。〔四〕
暮年随手尽，　心事许溟鸥。〔五〕

【注释】

〔一〕棣学：指棣州州学教授。

〔二〕“老作”二句：言因家贫而谋一饱，所以到老还出仕于外。诸侯客，见《史记·范睢列传》：“范睢曰：‘吾闻穰侯专秦权，恶内（纳）诸侯客。’”此借用，以言州太守也。

〔三〕“折腰”二句：意谓折腰乃可耻事，但为得禄养亲之故，只有忍耐，接受州之任命。“折腰”用陶渊明故事，他自称不为五斗米折腰。“捧檄”用毛义故事，他家贫亲老，府檄任为郡守，他喜动颜色。敢轻投，谓得檄岂敢轻于抛弃乎？

〔四〕“早作”二句：寒山子诗：“人是黑头虫，刚作千年调。铸铁作门限，鬼见拍手笑。”二句意谓早年怀远大之计，而到中年一无所成，有愁万斛。

〔五〕“暮年”二句：意谓已到暮年，快要了此一生，故应退隐江湖，与白鸥结盟也。

【说明】

题言诗因得到棣州教授之任命有喜而作。但按诗之内容，说出仕是为养亲，出于不得已。就以往经历看，枉作千年之调，所得唯有愁尔。现届暮年，来日无多，要当与白鸥结盟，还我自由之身。准此，其不自得之意可见，岂真喜哉？语意沉挚，格调苍劲，允为名篇。

宿齐河〔一〕

烛暗人初寂，　寒生夜向深。
潜鱼聚沙窟，　坠鸟滑霜林。

稍作他方计，初回万里心。〔二〕
还家只有梦，更着晓寒侵。

【注释】

〔一〕齐河：古河名，在山东省，今为县名。

〔二〕他方计：意谓离开家乡赴棣州教授任也。任渊注作西方极乐园解，恐非。万里心：谓四方之志。

【说明】

元符三年（1100）后山赴棣州经途中作此诗。按同为经途中作而时间稍前于此篇之《五子相送至湖陵》，其中有“湖陵古城风日寒”之句，知已届冬时。又后山除秘书省正字在是年十一月，作《除官》一诗，编于此诗之后，则此诗之作亦不出是年冬矣，故有“寒生”“霜林”等语。诗写仕不得已之心情，愁绪满怀，故深夜不寐，外界声响，清晰入耳，至晓犹做不成还家梦，其辗转反侧之情可想见矣。方回评曰：“句句有眼，字字无瑕。”纪昀尤称道末句，以为“沉着”。

别刘郎〔一〕

一别已六载，相逢有余哀。〔二〕
公私两多事，灾病百相催。
无酒与君别，有怀向谁开。
深知百里远，肯为老夫来。

【注释】

〔一〕刘郎：魏衍注云："宣义之婿。"其名不详。

〔二〕"一别"二句：按魏衍注又云："六年之别，先生丧母，刘丧父，故其诗甚哀。"

【说明】

此诗元符三年（1100）冬后山任棣州教授时作。诗写二人久别相逢，各有不幸遭遇，既丧亲，又重以疾病，俱怀彻骨之痛。今各分手，衷情无处可诉，但相信，刘郎将再不远百里而来。可见二人交谊之深。通篇老劲。方回谓"尾句逼老杜"，甚是。纪昀云："不免太露吃力之痕，而笔力要为沉挚。"予谓虽着力而不露痕迹，纪评失之。

除官〔一〕

扶老趋严召，　徐行及圣时。〔二〕
端能几字正，　敢恨十年迟。〔三〕
肯着金根谬，　宁辞乳媪讥。〔四〕
向来忧畏断，　不尽鹿门期。〔五〕

【注释】

〔一〕除官：谓除秘书省正字，时在元符三年（1100）十一月。

〔二〕严召：谓奉天子之召，其事甚急也。圣时：最光明之时代，一般以称本朝。

〔三〕"端能"句：按《明皇杂录》，刘晏以神童为秘书正字，上问曰：“为正字，正得几字?”对曰：“余字皆正，惟朋字未正。”此借用其事，以明己所除之官。十年：按谓绍圣元年（1094）罢颍州学官至元符三年（1100）除秘书省正字，实为七年，称十年者，约略言之尔。

〔四〕金根：韩昶为集贤校理，史传有金根车，悉改根为银。乳媪：《南史》：“除著作佐郎，撰国史。（何）承天年已老，而诸佐郎并名家年少，颍川荀伯子嘲之，常呼为奶母。”

〔五〕“向来”二句：后山因亲近东坡而罢颍学，不仕者多年，被目为元祐党人。今除正字，党锢之忧已免，然又失去高隐本趣。鹿门，山名，在襄阳，庞德公隐此。杜甫诗：“空有鹿门期。”

【说明】

诗写除官时心情，以明自己职责所在，黾勉从事，甚畏不称。用刘晏、何承天、韩昶等人故事，恰到好处。其《谢正字启》亦云：“头童齿豁，敢辞乳媪之讥；闻浅见轻，但畏金根之谬。”可以见其兢兢业业之心情矣。贺裳评曰：“用事切当，第三语尤天然巧合。”（《载酒园诗话》）然后山志不在官，故有末句。

九日寄秦觏〔一〕

疾风回雨水明霞，　沙步丛祠欲暮鸦。〔二〕
九日清樽欺白发，　十年为客负黄花。〔三〕
登高怀远心如在，　向老逢辰意有加。
淮海少年天下士，　可能无地落乌纱。〔四〕

【注释】

〔一〕九日：即九月九日，世称重阳节。秦觏：字少章，观之弟。

〔二〕沙步：江浒可縻舟之地曰步。丛祠：丛树中神祠。

〔三〕黄花：菊花。全句意谓作客十年中未观赏菊花。

〔四〕淮海少年：指秦觏。淮海谓扬州。《尚书·禹贡》："淮海惟扬州。"觏，高邮人，高邮属扬州。落乌纱：晋孟嘉为征西大将军桓温参军，九月九日，与众宾僚游龙山，嘉帽被风吹落，孙盛为文嘲之，嘉作答，众皆倾服。后遂成为重阳登高故事，诗人多用之。

【说明】

元祐二年（1087），后山受命为徐州教授，自汴京还，途中作此诗。诗写所见晚景，即景生感，叹十年来重阳不胜杯酌，更无赏菊之事。今又逢此佳节，己虽已老，犹起登高之兴。遥念秦觏英俊少年，岂能无落帽之雅事乎？用笔奇宕多姿，饶有情致。

次韵李节推九日登南山〔一〕

平林广野骑台荒，　山寺鸣钟报夕阳。〔二〕
人事自生今日意，　寒花只作去年香。〔三〕
巾欹更觉霜侵鬓，　语妙何妨石作肠。〔四〕
落木无边江不尽，　此身此日更须忙？〔五〕

【注释】

〔一〕李节推：未详其名。节推，节度使推官之简称。

〔二〕骑台：指戏马台，在徐州。谢宣远、谢灵运皆有《九日从宋公戏马台集送孔令诗》。

〔三〕“人事”二句：按李后主诗云：“鬓从今日添新白，菊是去年依旧黄。”为二句所本。袁枚《随园诗话》评此二句云：“此种句似易实难，人能知易中之难，可与言诗。”

〔四〕巾攲（qī）：巾，幅巾，以缣全幅束头，是一种便帽；攲，不正。巾攲，即用孟嘉落帽故事而变化出之。石作肠：宋广平为相，劲质刚态，人疑其铁肠石心，然而有《梅花赋》，富丽似徐庾，不类其为人。

〔五〕更须忙：意谓更须忙忙碌碌，不趁重阳佳节，作登高之举乎？

【说明】

此诗后山于元祐四年（1089）任徐州教授时作。二年（1087）曾赋《九日寄秦觏》一诗，谓空怀登高之兴，今又逢此佳节，始偿登高之愿。所谓“寒花只作去年香”，实际相距两年，而诗云去年，当活看。登高在日暮时，故开头即写晚景。继言寒花香气虽同于去年，而人已更老，两鬓如霜，故心情自别。然登高毕竟是雅事，不可无诗。末乃就登高所见，因得自娱作结。方回谓重九诗首推杜甫，后山此篇当居其亚，评价极高。

寄侍读苏尚书〔一〕

六月西湖早得秋，　二年归思与迟留。〔二〕

一时宾客余枚叟，　在处儿童说细侯。〔三〕

经国向来须老手，有怀何必到壶头。〔四〕
遥知丹地开黄卷，解记清波没白鸥。〔五〕

【注释】

〔一〕侍读苏尚书：指苏东坡。时东坡为端明殿学士，兼侍读，守礼部尚书。

〔二〕西湖：指颍州西湖。东坡曾任颍州太守二年，时后山为颍州教授，乃其属。

〔三〕枚叟：指枚乘。乘曾作汉梁孝王宾客，后山引以自比。细侯：后汉郭伋字细侯，为并州牧，巡行所部，有儿童数百名骑竹马，迎拜路边。此以比东坡。

〔四〕“有怀”句：马援弟少游常语援，哀其多大志，乃自苦。及援南征交趾，在浪泊、西里间，下潦上雾，飞鸢跕跕堕水中，因念及少游语，叹为不可得。后征五溪，进营壶头，中暑卒。壶头，山名。句意谓东坡早怀引退之心，其在颍州和子由诗云：“明年兼与士龙去，万顷苍波没两鸥。”故后山相劝，谓其虽属经国老手，朝廷所倚重，然时局多变，为自身计，仍应实践前言。

〔五〕丹地：指朝廷。黄卷：指书籍。“解记”句：事见注〔四〕。

【说明】

此诗为劝东坡引退而作。按自宋哲宗即位，元祐更化，新党失势，但党人时思再起，蠢蠢欲动，有山雨欲来之势。故后山以为，如东坡进用不已，恐有后患。是年九月，东坡有定州之命，后山又在《寄送定州苏尚书》云：“功名不朽聊通袖，海道无违具一舟。”

因东坡《沁园春》词有“用舍有时，行藏在我，袖手何妨闲处看”等语，故用之以寄意。当东坡任翰林学士时，山谷以诗送双井茶于东坡，亦有“为君唤起黄州梦，独载扁舟向五湖”之句，同样劝其急流勇退。山谷、后山，所见相同，实从爱护东坡出发。纪昀于此诗评云：“规戒语以婉约出之，故是诗人之笔。”洵为的论。

早起

邻鸡接响作三鸣，　残点连声杀五更。〔一〕
寒气挟霜侵败絮，　宾鸿将子度微明。〔二〕
有家无食违高枕，　百巧千穷只短檠。〔三〕
翰墨日疏身日远，　世间安得尚虚名。〔四〕

【注释】

〔一〕“邻鸡”二句：韩愈《东方半明》云：“鸡三号，更五点。”为二句所从出，三字句衍为七字句。

〔二〕寒气挟霜：谓霜带寒气。宾鸿：鸿雁冷天自北来南，有如作客，故曰宾鸿。《礼记·月令》：“鸿雁来宾。”

〔三〕“有家”句：后山此时闲居徐州，生计维艰，常不安枕。高枕：言安卧无忧也。百巧千穷：言想尽办法，摆不脱贫困。短檠：即短灯檠，穷人所用。

〔四〕身日远：谓已与朝廷相远，即不见垂念之意。虚名：谓空有名声，无救于穷。

【说明】

此诗元符二年（1099）后山在徐州闲居时作。前四句写寒气袭来，败絮无温，不能成眠，直至天晓，但见宾鸿将雏一掠而过。后四句自叹生计无着，赋闲家居，一筹莫展，其困苦如此，足令读者酸鼻。气格老健，字句烹炼，五、六句对仗尤为精巧。

春怀示邻里

断墙着雨蜗成字，　老屋无僧燕作家。〔一〕
剩欲出门追语笑，　却嫌归鬓着尘沙。〔二〕
风翻蛛网开三面，　雷动蜂窠趁两衙。〔三〕
屡失南邻春事约，　只今容有未开花。〔四〕

【注释】

〔一〕“断墙”句：言经雨后蜗涎留在墙上极像文字。“老屋”句：言和尚不在，寺宇只供燕子作巢。

〔二〕“剩欲”二句：意谓想出门觅人交谈，却又嫌路途风沙吹面，终未成行。

〔三〕“风翻”句：《吕氏春秋》载：“汤见祝网者，置四面……汤收其三面，置其一面。”此借用其辞语，不取其义。“雷动”句：谓蜂早晚聚会，有似衙参，其声如雷。

〔四〕容有：任渊注：“犹言岂容复有。”

【说明】

此诗元符三年（1100）后山在徐州作。一、二句写寥落之状，有如浮雕之可触者然。五、六句又写得非常热闹，另是一副笔墨。三、四句以出门为难事，七、八句又以未出门失去赏花机会为可惜。绘影绘声，趣味隽永。纪昀曰："起二句言居处之荒凉，五六句言节候之暄妍，故两联写景而不为复。刻意镵削，脱尽甜熟之境。"陈衍《石遗室诗话》云："此诗另是一种结构，似两绝句接成一律。"均极有见地。

和寇十一晚登白门〔一〕

重门杰观屹相望，表里山河自一方。〔二〕
小市张灯归意动，轻衫当户晚风长。〔三〕
孤臣白首逢新政，游子青春见故乡。〔四〕
富贵本非吾辈事，江湖安得便相忘。〔五〕

【注释】

〔一〕寇十一：名国宝，排行居第十一，后山同乡人。白门：指徐州。

〔二〕重门：谓城门有几重。杰观：谓楼观极雄伟。表里山河：谓处山河地带，形势险要。《左传》："表里山河，必无害也。"

〔三〕"小市"二句：谓张灯时分，正要回去，却晚风送爽，在城门上再停留一会。小市，徐州城门名。

〔四〕孤臣、游子：均后山自指。后山此时闲居徐州，他是徐州人，故云“故乡”。陈永正《江西派诗选注》以游子指苏轼等，盖本之《瀛奎律髓》，可备一说。

〔五〕“富贵”二句：言我辈本无心富贵，但又未能及时退隐。《庄子》：“鱼相忘于江湖。”

【说明】

元符三年（1100）正月，宋徽宗即位，追还南迁诸人，后山亦于是年七月除棣州教授，故有“江湖安得便相忘”之句。后山以是年冬赴任，此诗之作仍在徐州。诗先写登城楼情事，抒发愉快情绪，然后写政局好转，可以出仕。上诗写失赏春之约，意绪索然，正是闲居之时。今逢新政，自己得除棣州教授，心情舒畅，故有白门之游。情景交融，喜溢言表。

绝句

此生精力尽于诗，末岁心存力已疲。
不共卢王争出手，却思陶谢与同时。〔一〕

【注释】

〔一〕卢王：指卢照邻、王勃，皆唐初四杰中人，此处作为四杰代表。陶谢：指陶渊明、谢灵运。前者为田园诗人，后者开创山水诗，皆负盛名。

【说明】

此诗绍圣元年（1094）后山任颍州教授时作。后山好苦吟，故山谷有“闭门觅句”之语。此诗自道其作诗用心之专，用力之勤，故所作皆有谓。其云“不共卢王争出手”者，谓不愿与之争高下，隐然有不屑之意。至思与陶谢同时，盖寓当世无知音之叹云。

小放歌行二首

春风永巷闭娉婷，长使青楼误得名。〔一〕
不惜卷帘通一顾，怕君着眼未分明。〔二〕

当年不嫁惜娉婷，傅白施朱作后生。〔三〕
说与旁人须早计，随宜梳洗莫倾城。〔四〕

【注释】

〔一〕春风：林庚、冯沅君主编《中国历代诗歌选》释为“象征好时节”。永巷：幽闭宫人之所。娉婷：美好貌。此指美人。青楼：美人所居之楼。此言得宠者。林、冯释为“被误传为受到君王的恩宠”，恐非。

〔二〕“不惜”二句：言愿意卷起门帘给人看一眼，只怕他无眼力，看不准。

〔三〕“不嫁”句：全用杜句。傅白施朱：言搽水粉抹胭脂。

〔四〕倾城：语本李延年歌：“一顾倾人城。”言女色足以亡国。此称誉女色之美。

【说明】

此二诗皆借美人之失意以自况。后山怀不遇时之感，但不欲明言，故借美人以为喻，而匣剑帷灯，人自一目了然。第一首，山谷谓其“顾影徘徊，炫耀太甚”(见《诗话总龟》)。潘德舆非之，谓此诗乃“恶幸得名位之人，必欲知我者真一着眼”，“岂自炫哉?”(《养一斋诗话》)斯诚然矣。第二首言己违世独立，故无所遇合，因劝人稍须随俗，莫存高世之心，如此乃得见用。其实，此乃故作反语，所以贬当道之不尚贤，盖深伤之也。陈衍《石遗室诗话》谓“为人说法则可，所谓‘教人敷脂粉，莫自著罗衣’也”，岂能如是云云乎?

潘大临

潘大临（约1057—1106），字邠老，宋齐安人。苏轼、张耒先后谪黄州，邠老皆与之游。诗宗杜甫，并得句法于东坡，亦受山谷熏陶，山谷称之为“天下异才”。有《柯山集》。

赠张圣言画柯山图〔一〕

我昔骑鲸游九州，　上扣天阙望冕旒。〔二〕
群公侍旁好颜色，　将顺帝旨成刚柔。
抱持日月不自献，　蒙茸尘土归家丘。〔三〕
结茅竹间今休已，　炎暑避舍清飙留。〔四〕
屋头清溪鸣昼夜，　当户古木蔽马牛。〔五〕
苍头庐儿从高盖，　传呼不到门巷幽。〔六〕
两公忘言儿袖手，　驱除睡魔须茶瓯。〔七〕
谁传此意到旁郡，　解衣盘礴烦张侯。
张侯落笔妙天下，　未坠学士之风流。

欻见柯山入画图，　丹青知君百不忧。〔八〕
黄公不肯直南省，　一麾已具东南舟。〔九〕
请君援笔待公至，　画我迎公竹阴里。

【注释】

〔一〕张圣言：北宋画家。

〔二〕骑鲸：李白自署“海上骑鲸客”，盖遨游江湖之意，乃隐者所为。九州：按《书·禹贡》中所载九州为冀、兖、青、徐、扬、荆、豫、梁、雍，此指全中国。天阙：帝阙。冕旒（liú）：天子礼冠，前十二旒为饰；旒，冕前后垂玉。

〔三〕“抱持”句：谓群公在帝旁不肯荐贤。蒙茸：乱貌。

〔四〕避舍：作退避解。《左传》有“退三舍避之”之语。

〔五〕蔽马牛：形容树之大。《庄子》称“栎社树，其大蔽数千牛”。

〔六〕苍头庐儿：并奴仆之称。高盖：谓高盖车，大官所乘。传呼：指苍头庐儿之传呼声。

〔七〕两公：殆指大临、大观兄弟。

〔八〕欻（xū）：忽也。

〔九〕“黄公”句：山谷自戎州赦归，至荆南，召为吏部员外郎，不就，得请，知太平州。一麾：颜延年《五君咏》有“一麾乃出守”之句，麾作排斥解。杜牧之《将赴吴兴登乐游原》有“欲把一麾江海去”之句，麾作旌旗解。此处两解均通。

【说明】

诗分四层：一层写漫游之后回到家乡；二层写家乡风物之美；三层写张圣言绘《柯山图》见赠；四层写请圣言为绘竹阴迎黄公图。

用笔闲雅，诗如其人，作者清贫自守，不夤缘求进之高尚风操，跃然纸上。

浯溪中兴颂〔一〕

公泛浯溪春水船，　系船啼鸟青崖边。〔二〕
次山作颂今几年，　当时治乱春风前。〔三〕
明皇聪明真晚谬，　乾坤付与哥奴手。〔四〕
骨肉何伤九庙焚，　蜀山骑骡不回首。〔五〕
天下宁知再有唐，　皇帝紫袍迎上皇。〔六〕
神气仓皇吾敢惜，　儿不终孝听五郎。〔七〕
父子几何不豺虎，　君臣宁能责胡虏。〔八〕
南内凄凉谁得知，　人间称家作端午。〔九〕
平生不识颜真卿，　去年不答高将军。
老来读碑泪沾臆，　公诗与碑当并行。
不赏边功宁有计，　不杀奏章犹未语。〔一一〕
雨淋日炙字未讹，　千秋万岁所鉴多。〔一二〕

【注释】

〔一〕中兴颂：见前“磨崖碑”注。

〔二〕公：指黄庭坚。吕本中《紫微诗话》称：“饶德操初见潘邠老和山谷《中兴碑》诗”云云，可见此诗为和山谷之作，故知“公”系指山谷。诗开头即咏山谷读碑之事。山谷诗云：“春风吹船着浯溪，扶藜上读《中兴碑》。”

〔三〕次山：元结字。春风前：意谓山谷读碑正在春风吹煦之时。

〔四〕明皇：即唐玄宗。哥奴：李林甫小字。

〔五〕骨肉何伤：意谓明皇父子为何不和。九庙焚：唐制，天子太庙有九室，祭祀其九位祖宗。安史叛军攻陷长安，九庙付之一炬。杜甫《往在》诗有关于九庙焚烧惨状之描写。“蜀山”句：言明皇避安史之乱，仓皇入蜀。

〔六〕上皇：唐肃宗即位灵武，尊明皇为上皇。紫袍：紫色衣袍，贵人所著，此属之天子。据吕本中《紫微诗话》，饶德操极赏“天下”二句，其意义即山谷所谓“事有至难天幸尔”也。

〔七〕五郎：指李辅国。辅国为肃宗所宠信，与张后狼狈为奸，挟制肃宗，使不能尽孝道，父子因生嫌隙。

〔八〕胡虏：指安史辈。

〔九〕南内：即兴庆宫。明皇自蜀返长安居此，生活凄凉。

〔一〇〕“平生”句：安史乱起，颜杲卿、颜真卿联合讨贼，真卿被推为盟主。明皇闻报，曰：“朕不识颜真卿形状何如，所为得如此！”此讥明皇知真卿之不早也。“去年”句：天宝十三载（754）九月，明皇因淫雨不止，令高力士尽言。力士曰：“自陛下以权假宰相，赏罚无章，阴阳失度，臣何敢言！”明皇默不作声。天宝十四载（755），安禄山即反于范阳。

〔一一〕“不赏”句：意谓明皇何尝计及不赏边功之事，盖讥其黩武也。“不杀”句：安禄山初为张守珪部下裨将，讨奚、契丹失败，执送京师。张九龄上奏，谓禄山不宜免死。明皇不听，特释放之。“犹未语”者，谓明皇不从九龄之奏，有若未上奏章者然。

〔一二〕雨淋日炙：韩愈《石鼓歌》：“雨淋日炙野火燎。”

【说明】

此诗四句一换韵，即四句一层意。入手写山谷上浯溪读碑，以明此诗为和山谷之作。以次叙述安史攻陷长安，明皇逃蜀，及自蜀归来，肃宗受张后、李辅国挟制，不能尽孝道，使明皇陷于孤危凄凉。至此乃追咎明皇晚年之昏庸，不用忠臣，不纳忠言，致遭大难。然后回应起处山谷读碑，并言次山颂之足为千秋鉴作结。用笔层层推进，寓变化于整齐之中，意存褒贬，有关治道，绝非苟作。

谢　逸

谢逸（约1064—1114），字无逸，宋临川人，屡举进士不第，以布衣终，而名重缙绅，以诗文自娱。山谷尝称之，以为晁无咎、张耒之流。纪昀评曰："风格隽拔，时露清新，上方黄陈则不足，下比江湖诗派，则沨沨乎雅音矣。"盖亦平允之论。有《溪堂集》。

王立之园亭七咏〔一〕（选一）

大裘轩

小人拙生事，　三冬卧无帐。〔二〕
忍寒东窗底，　坐待朝曦上。〔三〕
徐徐晨光熙，　稍稍血气畅。
薰然四体和，　恍若醉春酿。〔四〕
此法秘勿传，　不易车百辆。〔五〕
君胡得此法，　开轩亦东向。
苏公名大裘，　意岂在万丈。〔六〕
但观名轩心，　人人如挟纩。〔七〕

【注释】

〔一〕王立之：生平未详。

〔二〕生事：谋生之事。三冬：冬季三个月。

〔三〕朝曦：朝日。

〔四〕薰然：和暖。

〔五〕“不易”句：谓用百辆之车，不易此法，甚言其可贵也。

〔六〕苏公：指东坡。万丈：言裘之大。白居易《新制绫袄成感而有咏》：“争得大裘长万丈，与君都盖洛阳城。”

〔七〕挟纩（kuàng）：谓如挟絮而忘其寒。

【说明】

此诗作者自述其冬日向朝阳取暖，当朝阳出自东方，光线射进东窗，被于四体，其暖融融，如醉酒然。然后转入大裘轩，轩亦东向，其所以作用于王立之者，自不必言，暗示两人为贫贱之交。于此点出轩取名之由来，作者与王立之同为贫士，而谓观轩名有如挟纩，毋乃画饼充饥之类乎？涉笔成趣，弥觉新鲜。

豫章别李元中宣德〔一〕

旧闻诸李隐龙眠，　伯时已老元中少。〔二〕
一行作吏各天涯，　故人落落疏星晓。〔三〕
西山影里识君面，　碧照章江眸子瞭。〔四〕
向来问道渺多歧，　只今领略归玄妙。〔五〕
老凤垂头噤不语，　古木槎枒噪春鸟。〔六〕

身在幕府心江湖，　左胥右律但坐啸。〔七〕
第愁一叶钓鱼舟，　不容七尺堂堂表。〔八〕
我今归卧灵谷云，　君应紫禁莺花绕。〔九〕
相思有梦到茅斋，　细雨青灯坐林杪。〔一〇〕

【注释】

〔一〕豫章：汉置豫章郡，此指其所属南昌。元中：李冲元字，为宣德郎，舒州人。

〔二〕龙眠：山名，在舒城。此句仿效杜甫《戏为韦偃双松图歌》："毕宏已老韦偃少。"

〔三〕一行作吏：语出嵇康《与山巨源绝交书》，言一去为吏也。

〔四〕眸子瞭：目瞳子清明。《孟子》："胸中正，则眸子瞭焉。"此言元中为人正直。

〔五〕"向来"二句：上句言向来学道者多歧异之见，盖化用山谷"八方去求道，渺渺困多蹊"之句，下句言只有李元中领略要道。

〔六〕"老凤"二句：比喻贤者失意而不肖者得志。槎枒，树枝歧出之状。

〔七〕幕府：本称将帅衙署，此为一般衙署之称。左胥右律：左为胥吏，右为律令，言困于俗务。坐啸：坐而吟啸，言不理事也。后汉南阳太守成瑨委事功曹岑晊，郡人为之谣曰："南阳太守岑公孝，弘农成瑨但坐啸。"

〔八〕七尺堂堂表：七尺之躯，一表人物。

〔九〕灵谷：抚州山名。紫禁：皇宫。

〔一〇〕“细雨”句：此作者自我写照，承上“我今”句来，表示自甘寂寞之意。

【说明】

此诗从李龙眠起笔，引入李元中，写与之相识之始，赞其学道得要领，而惜其沉于百僚底，有退居江湖之思。但他才当世用，故以大用期之。最后以元中梦中来访作结，盖二人行藏虽不同，而交情则深。笔致闲雅，感情深挚，故是杰作。山谷极赏此诗，阅其“老凤”二句，为之大惊，称是张耒、晁无咎之流亚。

春词六首（选二）

蒲芽荇带绕清池，锦缆牵船水拍堤。〔一〕
好是淡烟疏雨里，远峰青处子规啼。〔二〕

门前杨柳暗沙汀，雨湿东风未放晴。
点点落花春事晚，青青芳草暮愁生。〔三〕

【注释】

〔一〕蒲、荇：皆水草名。缆：系船绳索。

〔二〕子规：鸟名，一名杜鹃。

〔三〕春事晚：谓晚春时节，花事阑珊。

【说明】

两诗皆写晚春风物，前篇有近景，亦有远景，俱笼罩在寒烟疏雨里。后篇只有近景，点明晚春，花落草青，隐寓惜春之意。两诗写景生动，皆可入画。

夏日

竹风烟静午阴凉，饭罢呼童启北窗。〔一〕
试拂横床供昼寝，且容幽梦绕清江。

【注释】

〔一〕静：通“净”。北窗：窗开在北方，取其阴凉。

【说明】

此诗写夏日闲适之乐，竹风生凉，烟雾扫尽，正好昼寝，梦亦清绝，具见高人生活情趣。

社日〔一〕

雨柳垂垂叶，风溪澹澹纹。〔二〕
清欢惟煮茗，美味只羹芹。
饮不遭田父，归无遗细君。〔三〕
东皋农事作，举趾待耕耘。〔四〕

【注释】

〔一〕社日：立春后第五个戊日，祭土地神以祈年，是为春社。

〔二〕雨柳垂：雨着柳，叶越向下垂。“风溪”句：微风吹拂，水生细纹，即冯延巳“风乍起，吹皱一池春水”之意。

〔三〕“饮不”句：用杜甫春日出游，遭田父泥饮故事，见所作《遭田父泥饮美严中丞》。“归无”句：用汉东方朔故事。朔尝于伏日诏赐从官肉之时，独自拔剑割肉，归遗细君。细君，指妻子。

〔四〕东皋：东方耕地。陶渊明《归去来兮辞》有“登东皋以舒啸”之语。“举趾”句：言正待举趾下田耕耘也。《诗·七月》：“四之日举趾。”

【说明】

此诗写景细致，形象鲜明。诗人生活清贫，一茗一羹，度过春社，既不遭田父之泥饮，更无归遗细君之事；而东作方兴，正待耕耘。写来一片生机，趣味盎然，读其诗而知其人，盖不俗之士也。用字极炼，“雨”“风”“羹”皆名词动用；而杜甫、东方朔两典，亦用得贴切，皆节日故事也。

寄徐师川〔一〕

司业端能乞酒钱， 谁忧坐客冷无毡。〔二〕
相望建业只千里， 不见徐侯今七年。〔三〕
江水江花同臭味， 海南海北各山川。〔四〕
试问烟波何处好， 老夫欲理钓鱼船。

【注释】

〔一〕徐师川：徐俯字师川，宋分宁人，黄山谷之甥。

〔二〕“司业”二句：化用杜甫《戏简郑广文虔兼呈苏司业源明》“才名三十年，坐客寒无毡。赖有苏司业，时时乞酒钱”等语。意谓有司业能供给徐师川之酒钱，但更有谁忧其坐上无毡以待宾客乎？可见其清贫之甚。乞，与也。坐客无毡，指徐师川。

〔三〕“相望”二句：言彼此相距甚远，而又七年之久未见面。

〔四〕“江水”二句：言彼此臭味相同，而所居天各一方。

【说明】

此诗怀念徐师川之苦况，而彼此深交，相见太疏，情所难堪。末以己之欲为烟波钓徒作结。造语措意，俱警拔超俗，颇近山谷。

寄隐士〔一〕

先生骨相不封侯，　卜居但得林塘幽。〔二〕
家藏玉唾几千卷，　手校韦编三十秋。〔三〕
相知四海孰青眼，　高卧一庵今白头。〔四〕
襄阳耆旧节独苦，　只有庞公不入州。〔五〕

【注释】

〔一〕隐士：一题《寄饶葆光》，隐士即指饶葆光。

〔二〕骨相：谓骨骼与状貌。古有揣摸骨相之术，以占卜人之禄命。《史记·李将军列传》载李广尝谓望气王朔曰：“岂吾相不当侯邪？”

〔三〕玉唾：指华美文章。即《后汉书·赵壹传》“咳唾自成珠”之意。“玉唾”一作“蠹简”。韦编：谓书册。古人无纸，字刻竹简上，以韦编之。韦，柔皮。《史记·孔子世家》载孔子读《易》，韦编三绝。

〔四〕“高卧”句：用东坡《龟山》“僧卧一庵初白头”而稍易两字。

〔五〕“襄阳”二句：襄阳多耆宿，载《襄阳耆旧记》，其中称庞德公不入州城。

【说明】

诗写饶葆光隐居不仕，居有林塘之胜，家富藏书，手自校勘，人无知者，彼亦不求人知，高卧一庵，不入州府，真庞德公之流。用笔刻画入妙，如见其人。

南湖绝句戏高彦应司理五首〔一〕（选三）

平湖奁镜静无尘，　地接西坛共一云。〔二〕
安得御风如列子，　更邀明月访元君。〔三〕

野情萧散不便书，　老大无心赋子虚。〔四〕
待借南湖双艓子，　绿荷阴里看游鱼。〔五〕

碧瓦朱甍午影凉，　软风翻袂送清香。〔六〕
荷花也似知秋近，　故敛羞容避夕阳。

【注释】

〔一〕南湖：在临川，地近魏夫人坛。

〔二〕奁镜：妇人妆镜。奁，镜器也。此以喻指南湖。西坛：指魏夫人坛。夫人，名华存，志慕神仙，后托剑化形而去。

〔三〕御风：驾风而行。列子：列御寇。《庄子》："夫列子御风而行，泠然善也。"元君：女士登仙者之称。此指魏夫人。

〔四〕野情：野外之情，志在江湖，不愿入仕。萧散：清寂闲散。东坡《纵笔》："白头萧散满霜风。"子虚：按《史记·司马相如列传》，汉武帝读相如《子虚赋》而善之，叹不得与此人同时。狗监杨得意在旁，谓其同乡司马相如自言作此赋。武帝乃召问相如。谢逸志轻轩冕，无心借文墨为夤缘之具，故云"无心赋子虚"。

〔五〕艓子：小船。杜甫《最能行》："富豪有钱驾大舸，贫穷取给行艓子。"

〔六〕甍（méng）：屋脊。软风：轻柔之风。清香：指荷花香。

【说明】

第一首写南湖之胜概及其所处地位，表示一访元君之愿望。御风邀月，颇带仙气。用笔亦动荡多姿。

第二首写自己饶野外之趣，欲驱艓子一游南湖。"绿荷"句用山谷"银山堆里看青山"句式，风格亦稍近山谷。

第三首承上二首，写到魏夫人坛与游南湖，突出写湖中的荷花，把荷花人格化，说是好似敛容避夕阳，言外乃以荷花自比，意盖有所讽也。

洪　朋

洪朋（1072—1109），字龟父，宋南昌人，累举进士不第。黄山谷之甥。与弟刍驹父、炎玉父、羽鸿父俱有才名，号“四洪”。

龟父诗为山谷所称，谓“笔力可扛鼎，他日不无文章垂世”。刘克庄亦谓“龟父警句，往往前人所未道”。有《清非集》。

题胡潜风雨山水图〔一〕

胡生好山水，　烟雨山更好。
鸿雁书远空，　马牛风塞草。〔二〕

【注释】

〔一〕胡潜：北宋画家，善山水花鸟。

〔二〕书：名词动用。雁飞往往作人字形，故云“书”。“马牛”句：按，此句意晦，故吴曾《能改斋漫录》云：“洪龟父诗：‘鸿雁书远空，马牛风塞草。’予于下句全不解。”今试为解之。大抵谓马牛在风吹塞草中被看见，与北朝民歌“风吹草低见牛羊”略同。

【说明】

诗写烟雨、山水、马牛、塞草，而以二十字括之，简净之至。第二句“山”后少一“水”字，因限于五言，不能更著一字，然不足为训也。

送谢无逸还临川〔一〕

东山谢安石，　事业照星斗。〔二〕
佳人临川秀，　自言乃其后。〔三〕
昔我未知子，　籍甚大江右。〔四〕
迩来识君面，　风流故自有。〔五〕
早岁翰墨场，　挥洒不停手。〔六〕
河发昆仑丘，　风怒土囊口。〔七〕
春来入诗垒，　窥杜逮户牖。
笔力挟雷霆，　句法佩琼玖。〔八〕
起予虞帝韶，　和汝秦人缶。〔九〕
少年厉锋气，　鄙夫成老丑。
人才古所难，　吾子定不朽。
清和四月夏，　销黯一樽酒。〔一〇〕
悠悠西峰云，　暗暗南浦柳。〔一一〕
平生六艺耕，　勿遗生稂莠。〔一二〕
鼓枻黄花秋，　慰此长回首。〔一三〕

【注释】

〔一〕谢无逸：见本书谢逸小传。

〔二〕谢安石：谢安字安石，东晋阳夏人，官至尚书仆射，领中书令。淝水之战，破符坚有功，东晋遂转危为安。

〔三〕佳人：指谢无逸。

〔四〕籍甚：言名声甚盛，为众所称。大江右：指江西。

〔五〕风流：风度高雅。

〔六〕翰墨场：文坛。杜甫诗："出游翰墨场。"

〔七〕昆仑丘：即昆仑山。土囊口：大穴之口，风所从出。宋玉《风赋》："盛怒于土囊之口。"

〔八〕挟雷霆：形容笔力之强大。佩琼玖：形容句法之清丽。

〔九〕起予：给我以启发。虞帝韶：虞为帝舜有天下之号；韶，舜乐名。此以韶乐称誉无逸之诗。秦人缶：秦人善奏缶。缶，瓦质打击乐器。此以秦缶谦称自己之诗。

〔一〇〕清和：旧俗以四月（农历）为清和月，言其时和气清也。销黯：谓黯然销魂也。黯，心神沮丧。销魂，谓魂之离体。江淹《别赋》："黯然销魂者，惟别而已矣。"

〔一一〕南浦柳：江淹《别赋》："送君南浦，伤如之何？"后遂以南浦为送别之地。古有折柳赠别之事，故"南浦柳"含有送别之意。

〔一二〕六艺：指《易》《书》《诗》《礼》《乐》《春秋》。山谷有"把笔耕六籍"之句。稂莠：皆草名。此句言切莫荒废学业。

〔一三〕鼓枻（yì）：击楫之意。屈原《渔父》："鼓枻而去。"黄花：菊花。此句意谓希望无逸于秋天来访。

【说明】

诗写先闻无逸之名，誉满西江，次识其人，盛称其诗笔力之雄，多用比喻，可感性强。于唱和中大见优劣，自愧弗如。最后落到送别，并致劝勉之意，庶尽朋友之义，又约其秋天再来相访，交情之厚可见。意深格老，是得力于山谷者，句法亦间或似之。

宿范氏水阁

枕水凿疏棂，　云扉夜不扃。〔一〕
滩声连地籁，　林影乱天星。〔二〕
人静鱼频跃，　秋高露欲零。
何妨呼我友，　乘月与扬舲。〔三〕

【注释】

〔一〕枕水：靠水。疏棂：窗格子。扉：门扇。

〔二〕地籁：发自窍穴之音响。

〔三〕扬舲：扬帆，开船。舲，小船。

【说明】

诗首联写水阁之状，颔联颈联写水阁外景，耳所接，目所触，皆足以使人心旷神怡。“林影乱天星”，是说水底星被风吹林影所搅乱，着一“乱”字，把景物写得极活。“人静鱼频跃”，写夜里闻鱼跃之声，其静寂可想，具见体物之精妙。

独步怀元中〔一〕

净尽西山日，　深行城北村。〔二〕
琅珰鸣佛屋，　薜荔上僧垣。〔三〕
时雨慰枵腹，　夕风清病魂。〔四〕
所思渺江水，　谁与共忘言。〔五〕

【注释】

〔一〕元中：见上《豫章别李元中宣德》注〔一〕。

〔二〕西山：在今南昌市新建区。

〔三〕琅珰：风雨吹打铃铎声。薜荔：植物名。

〔四〕枵腹：空肚子。清：形容词作动词用，言使之清爽也。

〔五〕忘言：《庄子·外物》有“得意而忘言”之语，谓默喻其意而毋庸宣诸口。所谓忘言之契，盖志同道合，相喻于无言之表也。

【说明】

诗写独步中所见所闻，因起怀友之念。景极幽静荒僻，此诗人趣尚所在，亦以明友为己之志同道合者。据《王直方诗话》，三句原作“琅珰严佛界”，山谷为改“严”“界”为“鸣”“屋”。经此一改，使三、四句一动对一静，又与第五、六句相连贯，成为更完美之作。

梦登滕王阁作〔一〕

朱帘翠幕无处所，　抖擞凝尘户牖开。〔二〕
万里烟云浑在眼，　九秋风露独登台。〔三〕

西江波浪连天去，　北斗星辰抱栋回。

独佩一瓢供胜事，　恨无陶谢与俱来。

【注释】

〔一〕滕王阁：阁为唐滕王李元婴任洪州刺史时所建，元婴封滕王，故以名阁。

〔二〕“朱帘”句：言无复当年胜概。抖擞：振拂。

〔三〕九秋：即秋天。秋凡九十日，故云“九秋”。

【说明】

诗写梦中登高所见，既到阁上，打开窗户，因登得高，故见得远。五句承三句，六句承四句，加倍形容。最后写独游无伴，一瓢自饮，表示孤寂之感。末句本之杜甫“安得思如陶谢手，令渠述作与同游”，而将二句缩成一句也。

洪　刍

洪刍字驹父，龟父之弟，登进士第。靖康中为谏议大夫。汴京失守，奉命为金人括财，纲纪峻于搜索以自利，因此得罪，流沙门岛，卒。驹父受其舅山谷指教，故诗颇似之。纪昀谓其“深得豫章之格”。有《老圃集》。

田家谣

鸠妇勃谿农荷锄，身披袯襫头茅蒲。〔一〕
雨不破块田坼图，稊稗青青佳谷枯。〔二〕
大妇碓舂头鬓疏，小妇拾穗行饷姑。〔三〕
四时作苦无袴襦，门前叫嗔官索租。〔四〕

【注释】

〔一〕“鸠妇”句：意谓鸠逐其妇，妇与之争斗，是天将雨之兆，故农夫荷锄下田。《埤雅》有“天欲雨，鸠逐妇”之语。勃谿，争斗。袯襫（bó shì）：雨衣。茅蒲：斗笠之属。

〔二〕雨不破块：言雨小。田坼图：言田龟裂。稊稗：杂草。

〔三〕穗：禾结实成条。饷：进食。姑：夫之母曰姑。

〔四〕嗔：怒声。

【说明】

诗写农家作苦与受官租之严重剥削。农夫带雨具下田，而雨小不破块，稊稗丛生，禾苗枯死，农妇大者与小者或舂米，或拾穗，皆极劳累，但仍无衣御寒，而逼租吏临门，咆哮如雷。诗人于此表示无限同情。诗每句用韵，用平韵，第五字皆平，故笔势雄劲。又详于描绘天旱与农家勤劳之情景，而于官吏索租只用“叫嗔”二字形容，着墨虽少，如闻其声。

题黄稚川云巢〔一〕

云巢一上十五里，　中有今世巢居子。〔二〕
鸡鸣犬吠白云里，　不知天际去此几。
平生深契鸟窠禅，　翦茅盖头万事已。〔三〕
宴坐经行飞鸟上，　人间荣辱不到耳。〔四〕
蜗牛两角竞何为，　鹪鹩一枝端自喜。〔五〕
我有一廛落城市，　章服裹狙聊复尔。〔六〕
武溪未访桃花源，　修江傥问桃花水。〔七〕
会取樱桃洞前路，　藜杖扶衰从此始。〔八〕

【注释】

〔一〕黄稚川：山谷之弟，名公准。云巢：稚川居室之名。

〔二〕巢居子：指稚川。

〔三〕鸟窠禅：即鸟窠禅师。唐高僧道林，见秦望山有长松，枝叶繁茂，盘曲如盖，遂栖止其上，人称鸟窠禅师。翦茅：伐茅作屋盖。

〔四〕宴坐：静坐。

〔五〕蜗牛两角：《庄子·则阳》："有国于蜗之左角者，曰触氏；有国于蜗之右角者，曰蛮氏。时相与争地而战，伏尸数万。"鹪鹩（jiāo liáo）一枝：《庄子·逍遥游》："鹪鹩巢于深林，不过一枝。"鹪鹩，鸟名。

〔六〕一廛：一家之居。"章服"句：言饶野外之趣者而著官服，自非所乐，故云"聊复尔"。盖作者自谓也。章服，官服。狙，猕猴。

〔七〕"武溪"句：谓未曾去游桃花源。桃花源在湖南武陵，陶渊明假托而为之记，因有盛名。修江：修水。桃花水：指修江，盖以之比桃花源，故云。

〔八〕樱桃洞：地名，当在云巢附近。

【说明】

诗写云巢之状况及稚川居此之心境，有蝉蜕尘埃之高致，并言自已有同趣，不愿为仕官所羁绊。然后告以将访问云巢，探幽揽胜。用笔妙造自然，稚川与作者之情趣如见。

松棚

南山落落千尺松，　干云蔽日摇青葱。〔一〕

盘根错节岁月古，　龙吟虎啸号悲风。〔二〕

北山文杏中梁栋，　我材臃肿非世用。〔三〕
修枝细节幸有余，　赪肩大束那辞送。〔四〕
承以高竹青扶疏，　置君宽闲之玉除。〔五〕
倏如乱云驻车盖，　恍似广庭张拂庐。〔六〕
垂头塌翼下孔翠，　张鳞摆鬣来鲸鱼。〔七〕
穿空入隙清飙吹，　疑有万壑哀声随。
羲和按辔不驰骋，　炎官火伞将安施。〔八〕
朅来投荒近循海，　日坐板屋如蒸炊。〔九〕
南山苍官怜我热，　遗我七鬣千孙枝。〔一〇〕
但令修干青青多，　温风烈日如予何。

【注释】

〔一〕落落：高超不凡貌。

〔二〕盘根错节：根大节多。龙吟虎啸：形容松风声。

〔三〕臃肿：肥粗呆滞。

〔四〕赪（chēng）肩：荷重肩发红。赪：形容词作动词用。

〔五〕扶疏：枝叶繁茂貌。玉除：玉阶。

〔六〕拂庐：帐幕。

〔七〕塌翼：坠翼。孔翠：孔雀、翡翠，俱鸟名。

〔八〕羲和：日御。按辔：徐行。炎官：谓炎帝祝融之属。火伞：喻夏日之炽热。韩愈诗：“赫赫炎官张火伞。”

〔九〕朅（qiè）来：犹言聿来。聿，语助词。投荒：指流沙门岛。

〔一〇〕苍官：指松。秦始皇从泰山下，风雨暴至，休于树下，因封其树为五大夫。树盖指松。七鬣（liè）：谓松针也。

【说明】

金兵陷汴京，洪刍奉命为金括财，后坐此流沙门岛。此诗沙门岛作。诗言松材臃肿不堪世用，而修枝细节，正宜于作棚以为我憩息之所。其为状或似乱云驻车盖，或似广庭张拂庐，或似孔翠之下，或似鲸鱼之来，即此而松棚之为诗人所爱好者可知。日御炎官，俱无以逞其威。沙门海岛，板屋极热，苍官见怜，为其所庇，虽温风烈日，无如我何矣。其意盖有所讽也。

次山谷韵〔一〕

宝石峥嵘佛所庐，　经宿何年下清都。〔二〕
海市楼台涌金碧，　木落牖户明江湖。〔三〕
千波舂撞有崩态，　万栋凌压无完肤。
巨鳌冠山勿惊走，　欲寻高处垂明珠。〔四〕

【注释】

〔一〕次山谷韵：山谷有《题落星寺四首》，此次第二首韵。

〔二〕宝石：指落星石，在彭泽湖中，相传有星坠此，因以为名。峥嵘：高峻貌。清都：天帝所居之地。

〔三〕海市：在海上出现之楼台幻景。东坡有《海市》诗。

〔四〕巨鳌冠山：《列子·汤问》载有上帝命令十五头大鳌鱼头顶蓬莱、方丈、瀛洲三座大山，使之屹立不动故事。垂明珠：即山谷“失明珠”意，而变换言之。

【说明】

诗写寺之来历及其胜景，前临宫亭湖，出现海市蜃楼，而木落之际，江湖明于牖户间，波涛撼山欲崩，栋宇压石几碎。深恐巨鳌负山而趋，失落明珠。诗步趋山谷原作，兀傲可喜。唯沿袭之迹显然，已落第二义矣。

饶　节

饶节（1065—1129），字德操，宋抚州人。尝为曾布客，后与布论新法不合，乃祝发为浮屠，更名如璧，号倚松道人。与祖可、善权合称“三僧”。

吕居仁赞德操诗“萧散似潘邠老”，陆游亦许为“近时僧中之冠”，并谓其“早有大志，既不遇，纵酒自晦，或数日不醒”。可见其为僧，盖有所激而然尔。有《倚松老人集》。

李太白画歌〔一〕

先生之气盖天下，　当时流辈退百舍。〔二〕
醉中咳唾落珠玑，　身后声名满夷夏。〔三〕
青山木拱三百年，　今晨乃拜先生画。〔四〕
乌纱之巾白纻袍，　岸巾攘臂方出遨。〔五〕
神游八极气自稳，　冰壶玉斗霜风高。〔六〕
呜呼先生态绝伦，　仙风道骨语甚真。〔七〕
萧然可望不可亲，　悬知野鹤非鸡群。
天宝之初天子逸，　先生醉去不肯屈。〔八〕

采石江头明月出，　鼓枻酣歌志愿毕。[九]
只今遗像粉墨间，　尚有英风爽毛骨。[一〇]
宣州长史粉黛工，　谁令写此人中龙。[一一]
细看笔意有俯仰，　妙处果在阿堵中。
人云此画世莫比，　吴侯得之喜不寐。[一二]
意侯所爱岂徒尔，　亦惜真才死泥滓。
先生朽骨如可起，　谁为猎之奉天子。[一三]
作为文章文圣世，　千秋万古诵盛美。[一四]
再拜先生泪如洗，　振衣濯足吾往矣。[一五]

【注释】

〔一〕李太白：李白字太白，号青莲居士，为唐代杰出浪漫主义诗人。

〔二〕退百舍：三十里为一舍。《左传》有“退三舍避之”之语，“退避三舍”成语即本于此。此云“退百舍”，盖甚言之，以见太白诗之绝非辈流所可望。

〔三〕咳唾落珠玑：谓诗如珠玑之可贵，亦形容其光润。夷夏：夷谓少数民族，夏谓汉民族。

〔四〕青山：山名，在安徽当涂县境，山北有李白墓。木拱：谓墓木已高大，须两手对抱。

〔五〕岸巾：著巾露额。攘臂：揎袖出臂。

〔六〕八极：八方极远之地。

〔七〕仙风道骨：司马子微尝谓李白有仙风道骨。

〔八〕天宝：唐玄宗年号。

〔九〕“采石”句：《旧唐书·李白传》：“尝月夜乘舟，自采石达金陵，白衣宫锦袍，于舟中顾瞻笑傲，傍若无人。”采石，即采石矶，在当涂县境，突入长江中。

〔一〇〕爽毛骨：使毛骨为之萧爽。爽，本形容词，此作使动词用。

〔一一〕长史：官名，刺史下置长史，为诸史之长。此指作李白画者，未详何人。粉黛：作画所用颜色。人中龙：龙为四灵之一，是动物之特出者，故以比人中豪杰。

〔一二〕吴侯：画之据有者，未详其名。

〔一三〕猎：取也。

〔一四〕文圣世：描述圣明之世。文，名词动用，作描述解。

〔一五〕振衣濯足：语本左思《咏史》：“振衣千仞冈，濯足万里流。”此隐者之事。

【说明】

首言李白诗名之盛，今见其画像，真天人之姿，故不为明皇所屈，拂袖而去，乘月夜遨游长江。画颇传神，于中寄寓惜才之意。作者怀有同感，并隐然为己之不得志抱不平，而思高举远引也。选材有重点，使读者如亲见李白者然。结处关合自己，含蓄不露，耐人寻绎。

戏汪信民教授〔一〕

汪侯思家每不寐， 颠倒裳衣中夜起。〔二〕
岂作薅食窘僮奴， 颇复打门搅邻里。〔三〕

凉风萧萧月在庭，　老夫醉着呼不醒。〔四〕
山童奔走奉嘉客，　铜瓶汲井天未明。〔五〕

【注释】

〔一〕汪信民：汪革字信民，宋临川人，历任长沙、宿州、楚州教官。

〔二〕颠倒裳衣：倒着衣服。《诗·东方未明》：“东方未晞，颠倒裳衣。倒之颠之，自公令之。”中夜：半夜。

〔三〕蓐食：食于寝蓐，言其早也。窘：困也，本形容词，此作使动词用。邻里：指作者之家。

〔四〕萧萧：风声。

〔五〕嘉客：指汪信民。

【说明】

诗写汪信民一次半夜来到作者家中，作者醉酒未醒，而家童为之提铜瓶去汲井水，不须主人吩咐，主动效劳。主客之间，不拘形迹，其交深可想。出之笔端，事态宛然。

寄夏均父二首〔一〕（选一）

四海交情未有君，　解衣推食见情真。〔二〕
平生烂漫如一日，　万里周旋觉更亲。〔三〕
我已山林新祝发，　君犹州县故随人。〔四〕
而今官意知何似，　早晚归来洗世尘。

【注释】

〔一〕夏均父：夏倪字均父，宋蕲州人。

〔二〕解衣推食：谓以衣食周济人。韩信尝谓汉王（刘邦）“解衣衣我，推食食我”。

〔三〕烂漫：率真。周旋：追随。

〔四〕祝发：断发。作者祝发为僧，名如璧。

【说明】

诗言均父待我之厚，周穷济急，而长期交往，亲密无间。自己已祝发为僧，希望均父亦及早罢官归来，解脱俗务之羁绊。一片真意，流露于字里行间。

次韵答吕居仁〔一〕

向来相许济时功，　大似频伽饷远空。〔二〕
我已定交木上座，　君犹求旧管城公。〔三〕
文章不疗百年老，　世事能排双颊红。
好贷夜窗三十刻，　胡床趺坐究幡风。〔四〕

【注释】

〔一〕吕居仁：吕本中字居仁，宋寿州人。创《江西诗社宗派图》。

〔二〕济时功：救世功业。频伽：瓶名。《楞严经》：“譬如有人取频伽瓶塞其两孔，满中擎空，千里远行，用饷他国。”瓶盛虚空以饷人，言其虚妄也。

〔三〕木上座：指手杖。管城公：指毛笔。

〔四〕贷：借。刻：漏刻。古代计时之法，一昼夜百刻，冬至昼漏四十刻，夜漏六十刻。夜窗三十刻，谓夜半也。胡床：交椅。趺坐：左右足交叉加于两股上，此佛之坐法。究幡风：《景德传灯录》记载，一次，风吹幡动，诸僧辩论，各持一说。慧能叱曰："既非风幡动，仁者心动。"此谓探究佛氏精义。

【说明】

诗写吕居仁相许以济时为功，不称我情；而居仁之好作文章，劳于世事，无救于人之老，不如悉心学道，可以解脱一切烦恼。立意清新，句法奇警，颇近山谷。

偶成

松下柴门昼不开，　只有蝴蝶双飞来。〔一〕
蜜蜂两脾大如茧，　应是山前花又开。〔二〕

【注释】

〔一〕柴门：以柴为门，言其陋也。

〔二〕蜂脾如茧：谓蜂脾贮蜜之多，其大已如茧矣。

【说明】

诗写见蝴蝶双飞，蜂脾如茧，而知山前花开。知花卉于未见，花之烂漫可以想象得之，用笔自别。张邦基《墨庄漫录》谓此诗句法之妙，可以嗣响唐人七绝。

晚起

月落庵前梦未回，　松间无限鸟声催。〔一〕
莫言春色无人赏，　野菜花开蝶也来。

【注释】

〔一〕“月落”二句：言鸟声催人醒，与山谷诗“佳眠未知晓，屋角闻晴哢”意颇同而语不同，或即脱化于此。

【说明】

诗写野菜花开，招来不少蝴蝶，知春色已浓。而“莫言无人赏”者，盖暗示自己当出去领略，莫辜负大好时光。语意含蓄，耐人寻味。

答吕居仁寄

长忆吟时对短檠，　诗成重改又鸡鸣。〔一〕
如今老矣无心力，　口诵君诗绕竹行。

【注释】

〔一〕短檠：短灯檠，此即指灯。

【说明】

诗写自己早年作诗之艰苦，而今已无能为役，但读吕居仁诗以为娱。绕竹行，盖以状诗之清新也。此推挹友人之诗而别出心裁者，故吕居仁甚称之（见《墨庄漫录》）。

惠　洪

惠洪（1071—1128），字觉范，姓彭氏，北宋筠州人。以医识张商英。大观中，入汴京，乞得祠部牒为僧，住峡州天宁寺。又往来郭天信之门。及张、郭得罪，觉范坐配朱崖。后北归，卒。

觉范与东坡、山谷均有交往，累见于二人诗中。许觊称其著作似文章巨公，仲殊、参寥辈皆不能及。纪昀则以谓“其诗边幅虽狭，而清新有致，出入于苏黄之间，时时近似”，颇得其实云。

次韵天锡提举〔一〕

携僧登芙蓉，想见绿云径。〔二〕
天风吹笑语，响落千岩静。
戏为有声画，画此笑时兴。〔三〕
夙习嗟未除，为吾起深定。〔四〕
蜜渍白芽姜，辣在那改性。
南归亦何有，自负芦圌柄。〔五〕

旧居悬水旁，石室如仄罄。〔六〕
行当洗过恶，佛祖重皈命。〔七〕
念君别时语，皎月破昏暝。
蝇头录君诗，有怀时一咏。〔八〕

【注释】

〔一〕天锡：姓邹氏。提举：官名。

〔二〕僧：或谓觉范自指。予谓当是另一僧，天锡携以同游者，从“想见”一词可知。芙蓉：李白《望庐山五老峰》有“青天削出金芙蓉”之句，盖以芙蓉状五老峰也。

〔三〕有声画：指诗。向来称诗为有声画，画为无声诗。

〔四〕定：僧人静坐敛心，谓之入定，亦省称定。

〔五〕芦圌：即芦编，以芦苇或竹片编成，内可容物，有柄可负持。

〔六〕悬水：瀑布。“石室”句：谓室如仄罄，状其形。

〔七〕“佛祖”句：谓重复皈依佛教。

〔八〕蝇头：喻字之小。

【说明】

开头写天锡游山作诗。继写自己和诗，以及南归后追悔旧愆，重复皈依佛祖之心情。末以时咏天锡诗回应起处作结。

夏日西园

晚庭一霎过暑雨，　高林相应山蝉鸣。[一]
南窗梦断意索寞，　床头书卷空纵横。[二]
蔬畦日涉已成趣，　起来扶杖园中行。[三]
葵英豆荚小堪摘，　矮榆高柳阴初成。
野禽啄果时落地，　池塘盖水新荷平。
归来西屋斜阳在，　原舍尚闻舂簸声。[四]

【注释】

〔一〕一霎：顷刻之间。

〔二〕索寞：寂寞。

〔三〕蔬畦：菜地。田五十亩曰畦。

〔四〕舂簸：谓舂米簸米。

【说明】

诗写睡起园中散步，各种物象，纷然入目，一片生机，使观者为之心旷神怡，迨归来不觉时已晚矣。闲适之情，溢于楮墨之间。

怀友人

不见邻峰友，　还同楚越遥。[一]
每劳孤枕梦，　时过小溪桥。
凭槛疏帘卷，　临风细雨飘。[二]
何当奉一笑，　令我此情消。[三]

【注释】

〔一〕楚越：春秋时两国，相距甚远。

〔二〕槛：栏杆。临风：当风。

〔三〕何当：何时。

【说明】

诗前四句写与友人咫尺天涯，唯有梦中相访。五、六句写景，景中寓情，盖思友心切，睹此光景，何以为怀！此深于言情者也，故以愿奉一笑结之。

崇胜寺后竹千余竿，独一根秀出，人呼为竹尊者，因赋诗〔一〕

高节长身老不枯，　平生风骨自清癯。〔二〕
爱君修竹为尊者，　却笑寒松作大夫。〔三〕
不见同参木上座，　空余听法石为徒。〔四〕
戏作秋色供斋钵，　抹月披云得饱无。〔五〕

【注释】

〔一〕崇胜寺：在宜春。尊者：僧徒德高为人所尊者之称。

〔二〕清癯：清瘦。

〔三〕君：指竹尊者。寒松作大夫：秦封松为大夫。

〔四〕木上座：手杖。听法石：竺道生尝于苏州虎丘寺讲《涅槃经》，顽石亦为之点头，见《高僧传》。

〔五〕秋色：指竹色。斋钵：僧人化斋所用之器。抹月披云：谓云月不可以餐，以比竹色供斋钵亦犹是尔。语本东坡《和何长官六言次韵》："贫家何以娱客，但知抹月批风。"

【说明】

诗写竹尊者高节长身，风骨清癯，俨然有道之士。彼羞作受封之泰山松，但知说法，顽石亦为点头。其青青之色，有若相饷以供斋钵者，此抹月披云之类，焉能充饥？诗把竹尊者拟人化，而描绘处设想亦奇，自是不食烟火人语。山谷见此诗甚喜，因手书之（见吴曾《能改斋漫录》）。

别李公弱〔一〕

残红换得绿阴成，　随分闲愁取次生。〔二〕
须信百年终有别，　未能一日便无情。
何时岳色君同看，　后夜湘晴我独行。
好在西园行乐处，　为谁依旧月华清。〔三〕

【注释】

〔一〕李公弱：名允武，筠州人。

〔二〕随分：随意。取次：次第。

〔三〕好在：存问之词，此作原来解。月华：月光。

【说明】

诗上半写初夏分别时依恋之情，下半写分别后孤独之感，具见交谊之深。曰岳色，曰湘晴，盖地属湖南，为西园之所在欤？

游西湖北山二首

幽草青青绕竹扉，　雨余人在杏园西。〔一〕
无端黄鸟惊春梦，　正向绿萝深处啼。〔二〕

春园南北笋过墙，　墙下离离草更香。〔三〕
啼鸟野花无问处，　苍山牢落下残阳。〔四〕

【注释】

〔一〕扉：门扇。

〔二〕无端：无故。黄鸟：黄莺。

〔三〕离离：草盛貌。

〔四〕牢落：空旷。

【说明】

第一首写杏园风物，一片欣欣向荣景象，人睡正浓，却被莺啼唤起，用笔颇有情致。第二首写笋高草香，惜夕阳下山，不能久留，无暇再问啼鸟野花所在，加以玩赏也。

次韵孙先辈见寄二首〔一〕

从来佳句出寒饿，　太白飘零子美穷。〔二〕
箸下万钱如有意，　作诗遣兴不须工。〔三〕

长欲探怀取卿相， 对人信口比伊周。〔四〕
安知投老空拳在， 句法不医双鬓秋。〔五〕

【注释】

〔一〕孙先辈：不知为谁，盖作者长辈，故称先辈。

〔二〕“从来”句：东坡诗：“秀句出寒饿。”为此句所本。

〔三〕箸下万钱：晋何曾日食万钱，犹云无下箸处。

〔四〕探怀：言其易也。信口：出言不加思索。伊周：伊尹、周公，皆古之贤臣。

〔五〕空拳：空手，言无权位也。

【说明】

第一首写太白、子美皆寒饿之后始工于诗，然果能日食万钱，则无待诗之工矣。第二首言欲取卿相，自比伊周，抱负甚大，然到老犹是白丁，句法虽工，无济于事。此皆有激之言，盖为孙先辈发也。

读和靖西湖诗戏书卷尾

长爱东坡眼不枯， 解将西子比西湖。〔一〕
先生诗妙真如画， 为作春寒出浴图。〔二〕

【注释】

〔一〕“长爱”二句：东坡诗：“欲把西湖比西子，淡妆浓抹总相宜。”作者极欣赏此种比拟，谓东坡有慧眼也。

〔二〕“先生”二句：谓林和靖西湖诗之妙处，浑如把西湖画成西子春寒出浴图。

【说明】

诗言和靖诗之妙处，使人如见西子春寒出浴图。此在东坡诗基础上把西湖作进一步更为形象之比拟，真所谓“无穷生清新”也。

祖　可

祖可字正本，本姓苏氏，名序，宋丹阳人。住庐山，因患癞疾，时称癞可。其诗清幽，于贾岛、姚合为近。有《东溪集》《瀑泉集》。

天台山中偶题〔一〕

伛步入萝径，　绵延趣罙深。〔二〕
僧居不知处，　仿佛清磬音。〔三〕
石梁邀屡度，　始见青松林。〔四〕
谷口未斜日，　数峰生夕阴。〔五〕
凄风薄乔木，　万窍作龙吟。〔六〕
摩挲绿苔石，　书此慰幽寻。〔七〕

【注释】

〔一〕天台山：在浙江天台县。

〔二〕伛（yǔ）步：曲背而行。罙（mí）：深入。

〔三〕仿佛：相似。磬：乐器。

〔四〕石梁：石堰，垒石雍水者。

〔五〕谷口：入谷之处。

〔六〕薄：迫，此处有振意。

〔七〕摩挲：以手抚摩。幽寻：探胜。

【说明】

诗写步行入山沿途所见情景，愈前行，愈幽深，先闻磬声，后见松林，境界清绝。入谷口以后，探奇览胜，不觉天色已晚，乔木高风，似送人归者。而以留诗石上作结。刻画处绘影绘声，真诗中写生妙手也。

书秦处度所作松石〔一〕

怜君作诗自无敌，　游戏诗余画成癖。
高堂奋袖风雨来，　霜干云根动秋色。〔二〕
长怀祝融天柱峰，　万年不死之乔松。〔三〕
观君此画已无敎，　不复望云支瘦筇。〔四〕

【注释】

〔一〕秦处度：秦湛字处度，观子。

〔二〕风雨来：谓作画时笔阵飒飒之状。东坡《王维吴道子画》："当其下手风雨快，笔所未到气已吞。"立意相同。霜干：指松。云根：指石。

〔三〕祝融天柱：两峰名，在湖南境。

〔四〕无斁（yì）：无厌。瘦筇：竹杖。

【说明】

从作诗引入作画，写作画得其神态，谓观画可以不必见祝融、天柱之乔松，盖秦处度之画巧夺天工矣。

绝句〔一〕

坐见茅斋一叶秋，　小山丛桂鸟声幽。〔二〕
不知叠嶂夜来雨，　清晓石楠花乱流。〔三〕

【注释】

〔一〕绝句：诗之五言或七言四句而协声律者。或谓此截取律诗之半也。

〔二〕一叶秋：谓见一叶落而知秋之已至。

〔三〕小山丛桂：《楚辞·招隐士》："桂树生兮山之幽。"王逸曰："《招隐士》者，淮南小山之所作也。"此小山丛桂仅取其字面耳，义则不相沿也。石楠：树名。

【说明】

写秋景，取象小，自然可爱。因见石楠花乱流，始知叠嶂有雨，其酣眠可想，真幽居佳致也。孟浩然《春晓》云："夜来风雨声，花落知多少？"其为此诗末二句之所本欤？

徐　俯

徐俯（1075—1141），字师川，号东湖居士，宋分宁人，黄山谷之甥。以父禧死国事，授通直郎。绍兴中，赐进士出身，累官端明殿学士，签书枢密院事，兼权参知政事。

师川少豪逸出众，为江西诸人所推服。诗受山谷影响，山谷亦极称之，谓“辞皆尔雅，意皆有所属，规模远大，自东坡、秦少游、陈履常之死，常恐斯文之将坠，不意复得吾甥，真颓波之砥柱”。有《东湖集》。

滕王阁

一日因王造，　千年与客游。〔一〕
云边梅岭出，　坐上赣江流。〔二〕
日落回飞鸟，　烟深失钓舟。〔三〕
蝉鸣枯柳外，　天地晚风秋。

【注释】

〔一〕“一日”二句：曾季貍《艇斋诗话》指出此联即老杜“浩劫因王造，平台访古游”，君王，指滕王。与，作给解。

〔二〕梅岭：山名，在南昌市新建区。

〔三〕“日落”句：言飞鸟晚归林。烟深：言暮霭之重。

【说明】

诗写游滕王阁所见秋景，五句承三句，六句承四句，乃对江山之描绘，末联亦以景结，突出秋天形象，结构严密，笔亦老到。

陪李泰发登洪州南楼〔一〕

十年不复上南楼，　直为狂酋作远游。〔二〕
满地江湖春入望，　连天章贡水争流。〔三〕
青云聊尔居金马，　紫气还应射斗牛。〔四〕
公是主人身是客，　举觞登望得无愁。〔五〕

【注释】

〔一〕李泰发：李光字泰发，尝除江西安抚，知洪州，兼制置大使。洪州：今南昌。南楼：洪州南端城楼。

〔二〕狂酋：指金寇。

〔三〕章贡：二水名，合流为赣江，此指赣江。

〔四〕青云：喻高位。金马：汉宫门名，此借指宋宫门。紫气：瑞气。斗牛：二星名。晋张华见斗牛之间常有紫气，以雷焕为丰城令，焕掘狱屋基，获太阿、龙泉二剑。

〔五〕公：指李光。时光知洪州。身：作者自谓。

【说明】

诗前四句写景，春色弥望，赣水争流，一片雄浑气象。后四句言情，谓朝贵空居高位，而李泰发却外放做地方官，故剑气上冲牛斗。值兹金虏张甚，彼不得在朝廷参与机密，实现其御侮主张，安能无愁？于中隐然可见当时在对付金寇问题上主和派压倒主战派之形势。三、四句吴曾《能改斋漫录》曾指出其绝似刘长卿《和樊使君登润州城楼》中“春草连天随北望，夕阳浮水共东流”一联，大抵即其所从出，而笔力亦足相匹敌也。

春游湖〔一〕

双飞燕子几时回，　夹岸桃花蘸水开。〔二〕
春雨断桥人不渡，　小舟撑出柳阴来。

【注释】

〔一〕湖：徐俯号东湖居士，此湖殆指东湖，在洪州（今南昌）。
〔二〕蘸（zhàn）水：以物沾水。

【说明】

诗写游湖观赏之景，湖水已满，桥被淹没，人不能过，而诗人坐一小船，从柳阴撑出来，可见其独游之乐，何等兴致！或谓小船招唤人过渡，恐非原意。

林敏修

林敏修字子来，宋蕲州人。与兄敏功比邻而居，以文墨自娱，俱以布衣终。有《无思集》。

张牧之竹溪有序〔一〕

张牧之隐于竹溪，不喜与世接。客来，蔽竹窥之。或韵人佳士，则呼船载之，或自刺船与语。俗子十反不一见，怒骂相踵弗顾也，人或以少漫郎，予独喜其与古人意合，乃作竹溪诗。〔二〕

幽闲古城阴，结屋清溪曲。
溪流湛回映，上有青青竹。〔三〕
漫郎欣得之，绿发咏空谷。〔四〕
高风及前修，胜趣随远瞩。〔五〕
恶客徒扰人，立谈非我欲。〔六〕
麾去宁汝瞋，真意聊自足。〔七〕
或言不当尔，往往相谤讟。〔八〕

答云岂吾私，　恐作林泉辱。
源流别泾渭，　臭味同草木。〔九〕
肯当百事胜，　容此一物俗。
独余嵇阮辈，　荡桨戒臣仆。〔一〇〕
浊醪浇古胸，　日没还秉烛。
仆忝瓜葛后，　意气颇相属。〔一一〕
平生几两屐，　共老三径菊。〔一二〕
行年事无定，　此计诺已宿。
径须买牛衣，　儿亦荷书簏。〔一三〕
从子竹间游，　溪鱼剁寒玉。〔一四〕

【注释】

〔一〕张牧之：其人不详。竹溪：张牧之所居地名。

〔二〕蔽竹：以身隐蔽竹间。刺船：撑船。十反：十次往还。相踵：举踵相随，言其连接不断也。少：訾议。漫郎：唐元结自称漫郎，此指牧之，或牧之慕元结之为人，亦以此自号也。

〔三〕湛：澄清。

〔四〕绿发：喻年少。空谷：隐者所居。《诗·白驹》：“皎皎白驹，在彼空谷。”

〔五〕前修：前贤。

〔六〕恶客：不怀好意之客人。

〔七〕“麾去”句：言恶客到门，挥而去之，宁肯让其嗔怒。

〔八〕谤讟（dú）：毁伤怨恨。

〔九〕泾渭：二水名，泾水浊，渭水清，此言清浊分明。“臭味”

句：言臭味相同。《左传》："今譬于草木，寡君在君，君之臭味也。"

〔一〇〕嵇阮：嵇康、阮籍。戒：命。

〔一一〕瓜葛：比喻辗转相系属之亲戚。

〔一二〕"平生"句：全用山谷语。本出《晋书·阮孚传》，传载孚尝言，"未知一生能着几两屐"。三径：汉蒋诩尝于舍前竹下开三径。陶渊明《归去来兮辞》云："三径就荒，松菊犹存。"

〔一三〕牛衣：编乱麻为之，以暖牛体者。

〔一四〕寒玉：比喻鱼腹之白润如玉。

【说明】

入手写竹溪胜概，牧之优游于其间，颇有自得之乐。次写拒绝恶客来游，不使林泉受辱，只欢迎素心人相与把酒，穷日夜不厌。最后表示自己向往之情，愿追随其后，作终老计。情景融合，诗中有人，具见作意。

阎立本画醉道士图〔一〕

破除万事无过酒，　有客何须计升斗。〔二〕
解将富贵等浮云，　醉乡即是无何有。〔三〕
昔人绘事亦有神，　丹青写出尽天真。〔四〕
尊罍未耻月渐倾，　更待晓出扶桑暾。〔五〕
餐霞服气浪自苦，　自厌神仙足官府。〔六〕
脱巾解带衣淋漓，　眼花错莫谁宾主。〔七〕
君不见炙手可热唯权门，　欲观佳丽争怒嗔。〔八〕
何如衔杯乐圣藉地饮，　安用醉吐丞相茵。〔九〕

【注释】

〔一〕阎立本：唐万年人，著名画家，工于写真。

〔二〕“破除”句：全用韩愈《赠郑兵曹》诗中句。计升斗：杜甫《遭田父泥饮美严中丞》有“月出遮我留，仍嗔问升斗”之句，此变化用之，谓饮酒尽量，不辞多也。

〔三〕富贵等浮云：言轻视富贵。《论语》：“不义而富且贵，于我如浮云。”无何有：谓一切皆空虚。《庄子》：“何不树之于无何有之乡，广莫之野。”此处作“忘怀一切”解。

〔四〕“昔人”二句：从杜甫《丹青引》“将军画善盖有神，必逢佳士亦写真”化出。天真，天性。

〔五〕尊罍（lěi）未耻：言酒未尽。《诗·蓼莪》：“瓶之罄矣，维罍之耻。”扶桑：日所出处。

〔六〕“自厌”句：谓厌薄神仙，不羡其足官府也。韩愈诗：“上界真人足官府，岂如散仙鞭笞鸾凤终日相追陪。”

〔七〕错莫：模糊，缭乱。

〔八〕炙手可热：言权势之盛。杜甫《丽人行》“炙手可热势绝伦，慎莫近前丞相嗔”为“君不见”二句所本。

〔九〕衔杯乐圣：唐李适之罢相，有诗云：“避贤初罢相，乐圣且衔杯。”杜甫《饮中八仙歌》中咏李适之云：“衔杯乐圣称避贤。”即用适之语。“安用”句：此句用汉丙吉故事。吉为丞相，驭吏饮醉，呕吐污其车茵，吉不之罪。句意谓毋庸趋附权门也。

【说明】

诗分四层：一层写醉乡可以忘却富贵；二层写醉道士好饮不眠；三层写醉道士之醉态；四层写醉乡自有乐地，不屑趋附权门。首尾呼应，章法缜密。笔致形象生动，醉道士呼之欲出。

洪　炎

洪炎字玉父，驹父之弟，元祐末登进士第，官至秘书少监。其为诗潇洒落拓，虽栖栖湖海间，而无羁愁凄苦之况。有《西渡集》。

迁居

从宦三十载，故山凡几归。〔一〕
昔归尚有屋，再归已倾欹。
今归但乔木，竹落荆薪扉。〔二〕
上为鹳鸟都，下为鸡犬栖。〔三〕
相彼东西隅，三亩以为基。〔四〕
积块与运甓，实洼而培庳。〔五〕
成兹道傍舍，空我橐中资。〔六〕
堂室取即安，牖户适所宜。〔七〕
嘉树三四株，当窗发华姿。
馨花入怀袖，似与迁徙期。

我今六十老，　岂不知前非。
骨相自不媚，　况复筋力微。
收此衰病身，　与汝长相依。〔八〕
松楸幸在望，　邻曲不见遗。〔九〕
葛巾随里社，　庶以保期颐。〔一〇〕

【注释】

〔一〕从宦：出仕。故山：家乡。

〔二〕竹落：竹编篱落。

〔三〕鹳鸟都：鹳鸟群居之所。

〔四〕相：视。

〔五〕实洼、培庳：洼者实之，庳者培之。

〔六〕空：尽其所有。

〔七〕即安：即之则安。

〔八〕汝：指嘉树。

〔九〕松楸：指祖坟所在。古时墓地多种松楸。邻曲：邻里。

〔一〇〕葛巾：葛制帽子。里社：乡里。期颐：百年曰期颐。

【说明】

诗分两层：第一层写旧屋已坏，归无所居，乃筑新舍；第二层写舍边有嘉树，又祖坟在望，自顾衰病之身，正宜送老于此。作者曾坐元祐党人贬窜，故生此想。中怀愤激之情，而出语夷犹，令人不觉，笔墨已臻老境。

游石鼓山涌泉院〔一〕

昔闻石鼓鸣，　今作石鼓游。〔二〕
击拊久已息，　甲兵殊未休。
精庐庄严海，　百室云雾浮。〔三〕
维时当长夏，　萧飒如凉秋。〔四〕
高崖不见日，　老木枝相樛。〔五〕
灵泉发嵌窦，　下注千仞沟。
向来经行人，　颇以名字留。
俯仰百年内，　磨镌遍岩幽。
石桥可坐卧，　清绝无等俦。
众山合沓来，　响答相献酬。〔六〕
虽逢会心欣，　未弭当世忧。〔七〕
不知稽山上，　复有胜处不。〔八〕
六飞尚东巡，　狐兔穴中州。〔九〕
戈铤塞河洛，　冠盖集闽瓯。〔一〇〕
堕此吠雪国，　烈火烂不收。〔一一〕
炎飙方焚轮，　赫曦欲停辀。〔一二〕
微生类焦谷，　兹焉得依投。
一乘凌风翰，　濯缨天汉流。〔一三〕

【注释】

〔一〕石鼓山：未详所在。

〔二〕石鼓鸣：俗称石鼓鸣，主有兵事。

〔三〕精庐：佛舍。

〔四〕萧飒：萧条衰飒。

〔五〕樛：缠结。

〔六〕合沓：复杂。

〔七〕会心欣：谓心中独自领会之乐。弭：止，息。

〔八〕稽山：会稽山，在浙江绍兴。

〔九〕六飞：《易》："时乘六龙以御天。"又："飞龙在天。"故古称帝王为"六飞"。狐兔：此斥金寇。中州：中原。

〔一〇〕铤：小矛。河洛：黄河、洛水。冠盖：冠服车盖，此指仕宦者。闽瓯：今浙江、福建一带。

〔一一〕吠雪国：指今浙江，古有"越犬吠雪"之语。

〔一二〕炎飙：炎热狂风。轮：指日轮。赫曦：指太阳。辀：车辕，此以代车。

〔一三〕翰：长羽毛，此以代鸟。濯缨：洗涤冠带。《孟子》："沧浪之水清兮，可以濯吾缨。"天汉：天河。

【说明】

此诗写游涌泉院。绀宇巍峨，林壑幽邃，境极清净，夏凉似秋。作者来游，耳闻目见，有足乐者。然会心之余，不能忘怀国事。当时中原沦丧，天子蒙尘，士族多南逃浙闽。其地盛夏烈日行空，炎热如火。作者今游览斯地，乃清凉如许，何可多得，良堪自幸。诗本纪游，而忧时悯乱之感，触事迸发，具见作者爱国之切矣。

四月二十三日晚同太冲、表之、公实野步〔一〕

四月矗矗野田田，　近是人烟远是村。〔二〕
鸟外疏钟灵隐寺，　花边流水武陵源。〔三〕
有逢即画原非笔，　所见皆诗本不言。〔四〕
看插秧针欲忘返，　杖藜徙倚至黄昏。〔五〕

【注释】

〔一〕太冲、表之、公实：郑湛字公实；太冲、表之，其人未详。野步：野外散步。

〔二〕矗矗：高耸貌。田田：鲜碧貌。“近是”句：用杜甫《悲青坂》“青是烽烟白是骨”句式。

〔三〕灵隐寺：佛寺名，在杭州。武陵源：地名，见陶渊明《桃花源记》，盖假托以为乐土者。

〔四〕“有逢”二句：意谓是画而非用笔画成者，是诗而非用言语写成者，盖风景之美，非笔与言所能描绘也。句法极妙。

〔五〕杖藜：杖，名词动用，藜，植物名，茎可为杖。徙倚：徘徊。

【说明】

写野游所见景物，作者潇洒出尘之襟抱，溢于言表。颔联得之惨淡经营，而出之若不经意者，所谓绚烂之极归于平淡也。

汪　革

汪革（1071—1110）字信民，宋歙人，徙临川，遂著籍焉。试礼部第一，分教长沙，又为宿州教授。蔡京当国，召为宗正博士，不就。复为楚州教官，卒。有《青溪类稿》。

寄谢无逸

问讯江南谢康乐，　溪堂春木想扶疏。〔一〕
高谈何日看挥麈，　安步从来可当车。〔二〕
但得丹霞访庞老，　何须狗监荐相如。〔三〕
新年更励於陵节，　妻子同锄五亩蔬。〔四〕

【注释】

〔一〕谢康乐：谢灵运，祖玄封康乐公，灵运袭封，故名。此以称谢无逸。

〔二〕挥麈：古时谈论者执麈尾，故谓谈论为挥麈。安步当车：语出《战国策·齐策》："安步以当车。"

〔三〕丹霞：山名，在江西南城县。庞老：谓庞德公，此借指隐居丹霞者，未详何人。

〔四〕於陵节：於陵，地名，战国齐陈仲子居此，不食兄禄，不就楚相，乃廉介之士。

【说明】

诗写谢无逸闲居自得之乐与志趣之高洁，其人品见矣。《紫微诗话》载，饶节见此诗，谓汪革曰："公诗日进而道日远。"节所谓道，佛道也，诗道相妨，事或有然，然诗之日进，岂非可喜之事邪？诗语遒劲，意态闲雅，乃刻意之作。

和吕居仁春日

宴坐黉堂一事无，　居官萧散似相如。〔一〕

偶违浊酒风前约，　不见繁英雨后疏。

【注释】

〔一〕宴坐：静坐。黉堂：学舍。"居官"句：《史记·司马相如列传》："其进仕宦，未尝肯与公卿国家之事，称病闲居，不慕官爵。"

【说明】

诗写身为学官，清闲少事，意趣萧然；而吕居仁失春游之约，花事即将阑珊矣，言下不胜怅怅。笔致摇曳，姿态横生。

李　錞

李錞字希声，未详其里居，官至秘书丞。诗尝为王直方所称。有《李希声集》。

题宗室公震四时景〔一〕

九江应共五湖连，尺素能开万里天。〔二〕
山杏野桃零落处，分明寒食晓风前。

繁英杂树映汀沙，三伏江天自一家。
欲唤扁舟渡云锦，平铺明镜是荷花。〔三〕

春锄寂寞绕疏丛，霜后云生浦溆风。
此处年年报秋色，只应衰柳与丹枫。

剪水飞花细舞风，断芦洲外水连空。
剡溪几曲知名处，何似今朝眼界中。〔四〕

【注释】

〔一〕宗室：皇帝同宗。公震：未详其生平。四时景：指画中所取为春夏秋冬四时景象。

〔二〕"尺素"句：言画虽小而具有万里之势。

〔三〕"欲唤"二句：语本韩愈诗："曲江千顷秋波净，平铺红云盖明镜……撑舟昆明度云锦，脚敲两舷叫吴歌。"

〔四〕剡溪：水名，在浙江嵊州。

【说明】

第一首写晚春风景，尺幅万里，具雄阔之势。

第二首写夏景，重点写荷花，用韩语恰如其所自出。

第三首写秋景，一片秋色在衰柳丹枫上，形象鲜明。

第四首写冬景，风剪水作花，水天相接，如在剡溪曲处。

四诗写景，皆具典型性，生动有致，引人入胜。

韩　驹

韩驹（？—1135），字子苍，蜀仙井监人，政和中召试，赐进士出身，官秘书省正字，累除中书舍人，兼权直学士院。

韩驹学出苏氏，诗见推于子由，子由谓读其诗“恍然重见储光羲”。纪昀称“驹诗磨淬翦裁，亦颇涉豫章之格”。《宋诗钞》则以“意味老淡，真欲别作一家”许之。好苦吟，不吝改窜，既以与人，久或累月，远或千里，复追取更定，无毫发憾乃已。有《陵阳集》。

食煮菜简吕居仁〔一〕

晓谒吕公子，　解带浮屠宫。〔二〕
留我具朝餐，　唤奴求晚菘。〔三〕
洗箸点盐豉，　鸣刀芼姜葱。〔四〕
俄顷香馥坐，　雨声传鼎中。〔五〕
方观翠浪涌，　忽变黄云浓。
争贪歙钵暖，　不觉定碗空。〔六〕
忆登金山顶，　僧饭与此同。〔七〕

还家不能学，　永费烹调功。
硬恐动牙颊，　冷愁伤肺胸。
君独得其妙，　堪持饷衰翁。〔八〕
异时闻豪气，　爱客行庖丰。〔九〕
殷勤故煮菜，　知我林下风。〔一〇〕
人生各有道，　旨蓄用御冬。〔一一〕
今我无所营，　枵腹何由充。〔一二〕
岂惟台无馈，　菜把尚不蒙。〔一三〕
念当勤致此，　亦足慰途穷。

【注释】

〔一〕吕居仁：吕本中字居仁，作《江西诗社宗派图》，江西诗派之称自此始。

〔二〕浮屠宫：佛寺。

〔三〕菘：俗称白菜。

〔四〕点：著也。盐豉：皆调味之物。鸣刀：以刀切物，发出声响，故曰鸣刀。芼：择取。

〔五〕俄顷：片刻。馥：香气，作动词用。“雨声”句：谓鼎中水沸作响，如雨点声也。

〔六〕歙（shè）钵：歙县所产之钵。定碗：定州所产之碗。宋有定州窑。

〔七〕金山：在润州（今镇江）长江中，上有寺。

〔八〕饷：以食物送人。衰翁：作者自称。

〔九〕行庖：在行旅中设食，亦称行厨。

〔一〇〕林下：退休者所处。

〔一一〕“旨蓄”句：谓蓄积美菜以备冬季之用。《诗·谷风》：“我有旨蓄，亦以御冬。”

〔一二〕枵腹：空着肚子。

〔一三〕台：古有三台，皆高级官府。此“台”作官府解。

【说明】

首写煮菜之状及其味之美，次叙曾同在金山寺食此美味，而吕居仁独得其法，今特为之以相饷。末叹自己无御冬之旨蓄，常不得食，有望于吕之相周。食煮菜一细节，郑重言之，以见朋友相顾之深情，而世之弃才，自在不言中矣。

出宰分宁别旧同舍五首〔一〕（选二）

公车八千言，　自献十二旒。〔二〕
落笔中书罢，　石渠并英游。〔三〕
方欣洛阳遇，　已慨周南留。〔四〕
明堂多楩楠，　讵须汝薪槱。〔五〕
三年望龙断，　艰难身百忧。〔六〕
鬓发五分白，　更落天南陬。〔七〕

【注释】

〔一〕分宁：今江西修水县。同舍：同僚。

〔二〕公车：汉代应征辟之人，以公车相送，后遂谓举人入京会试曰公车。十二旒：古时天子十二旒；旒，冕饰前后垂玉。此以代天子。

〔三〕中书：中书省，其长官为宰相之职。杜甫《莫相疑行》："观我落笔中书堂。"石渠：汉代阁名，成帝藏秘书于此。韩子苍于政和初召试舍人院，赐进士出身，除秘书省正字。此以石渠称秘书省。

〔四〕洛阳遇：谓贾谊受知于汉文帝。谊，洛阳人，此即以洛阳代贾谊。周南留：汉武帝封泰山，司马谈留滞周南，未能随往。周南，即洛阳。

〔五〕明堂：或谓古天子朝诸侯之所，或谓天子太庙。楩楠（pián nán）：皆大木名，此言国家多栋梁之材。薪槱（yóu）：《诗·棫朴》："芃芃棫朴，薪之槱之。""棫朴"，丛生短木，"薪槱"，取以为薪，积而焚之。此处"薪槱"，盖指"棫朴"，不堪大用也。

〔六〕龙断：同垄断，独占之意。

〔七〕南陬（zōu）：南方边远之地，此指分宁。

【说明】

自叙经过考试，得供职秘书省，终因材小不称其任，遂外放县令，处之边远地区。其实是自鸣不平，故意隐晦其辞。

阳山昔御史，　夷陵前校书。〔一〕
坐法窜未久，　遇赦罪已除。
故时同舍郎，　半直承明庐。〔二〕
独奔江西县，　道里三千余。〔三〕
皇明烛幽隐，　倘复哀臣愚。〔四〕
念当脱江瘴，　与子联朝裾。〔五〕

【注释】

〔一〕“阳山”句：谓韩愈自监察御史贬阳山令。“夷陵”句：谓欧阳修自馆阁校勘贬夷陵令。

〔二〕同舍郎：诗题所称旧同舍。承明庐：汉代侍臣所居之处，此以称宋宫。

〔三〕江西县：指分宁。

〔四〕“皇明”句：谓天子英明，能了解臣下幽隐之情。烛，洞察。

〔五〕子：指旧同舍。

【说明】

古时之韩欧，迁谪不久即赦归；旧日之同舍郎，今半数已作天子近臣，皆以反衬自己之不幸，故有望于天子之见怜。情极哀苦，闻者为之恻然。

入鸣水洞循源至山上

崇山蓄灵泉，　万古去不息。
潴为百斛深，　散入千渠溢。
其东汇民田，　又北寻山腋。
断崖如破瓜，　飞瀑中荡激。
大声或雷霆，　细者亦竽瑟。
末流垂半山，　十里见沸白。

得非拖天绅，　常恐浮地脉。〔一〕
吕梁丈人老，　尚与汩偕出。〔二〕
我欲踏惊湍，　下穷龈腭石。〔三〕
惜哉意徒然，　属此岁凛慄。
安得汝南周，　断取白蛟脊。〔四〕
归之龙泉峰，　山门夜喧席。

【注释】

〔一〕“末流”四句：语本韩愈《答张彻》“泉绅拖修白”、《送惠师》“悬瀑垂天绅”，而加以衍化。

〔二〕“吕梁”句：《庄子·达生》载孔子见一丈夫游吕梁，就问蹈水之道，答曰：“吾始乎故，长乎性，成乎命，与齐俱入，与汩偕出，从水之道而不为私焉。”汩，水上涌漩洄之状。

〔三〕龈腭（yín è）：龈，齿根；腭，齿根上下肉，此形容水中石之状。

〔四〕汝南周：晋周处曾于水中斩蛟。处阳羡人，此言汝南，未详。白蛟：此借以称横波之石。

【说明】

诗写寻水源至山上所见情状，工于形容。后路以横波之石拟诸白蛟，欲斩除之，设想甚奇。范大士《历代诗发》曰：“发端汩汩然，亦如湍之初出。”此评甚是。结处出人意表，尤为警策。

去冬除守历阳未上，召还西掖。今夏自应天尹移知齐安，道由历阳，珪老相访，奉简一首〔一〕

尝闻历阳郡，　寺有褒禅山。〔二〕
及我分竹符，　欲往穷跻攀。〔三〕
驱车发半道，　尺一唤我还。〔四〕
叹息岩下水，　何时照衰颜。
复持齐安节，　税驾临通阛。〔五〕
属有行役累，　无由叩僧关。
珪公岷峨秀，　逸韵超人寰。〔六〕
携诗远过我，　殷勤请加删。
少年意气盛，　笑我毛发斑。
夜语不知寝，　起看江月弯。
浮生浪扰扰，　万法本自闲。〔七〕
为吏何足论，　誓将老榛菅。〔八〕
买田未及议，　我实贫非悭。〔九〕
奉乞一庵地，　往来泉石间。

【注释】

〔一〕历阳：古郡名，辖境相当今安徽和县、含山二县地。西掖：指中书省，韩驹曾为中书舍人。应天：府名，在今河南商丘县南。齐安：今黄冈。珪：褒禅山寺高僧之名。

〔二〕褒禅山：在今安徽含山县。

〔三〕竹符：符，古用为凭信之具，以竹为之曰竹符。

〔四〕尺一：板长一尺，以写诏书，故称诏板为尺一。

〔五〕节：符节，使者所执以为凭信之具。税驾：息驾。

〔六〕岷峨：即岷山、峨眉山，皆在四川。

〔七〕万法：佛家所谓“一切法”。一切事物皆有自体，具一定轨则。

〔八〕老榛菅：谓终老田野。榛、菅，皆植物名。

〔九〕悭：吝啬。

【说明】

诗写除历阳守未上，不得至褒禅山寺，后赴齐安过历阳，累于行役，又不得往。而承珪老携诗见过，夜语忘寝。因叹为吏之扰人，遂欲依珪老以居。东坡游焦山寺，亦寄意于寺中长老：“为我佳处留茅庵。”在封建社会，志行高洁之人，往往有此想。此诗自抒怀抱，语意切至，非无谓之作。

赠赵伯鱼〔一〕

昔君叩门如啄木，　深衣青纯帽方屋。〔二〕
谓是诸生延入门，　坐定徐言出公族。〔三〕
尔曹气味那有此，　要是胸中期不俗。〔四〕
荆州早识高与黄，　诵二子句声琅琅。〔五〕
后生好学果可畏，　仆常倦读殊未详。
学诗当如初学禅，　未悟且遍参诸方。〔六〕
一朝悟罢正法眼，　信手拈出皆成章。〔七〕

【注释】

〔一〕赵伯鱼：其人未详。

〔二〕啄木：鸟名。此处以其啄木声形容赵伯鱼见访之叩门声。韩愈《送僧澄观》："丁丁啄门疑啄木。"深衣：古代衣裳相连之一种服装。纯：衣之边缘。帽方屋：帽方而高耸，有若屋然。东坡《方山子传》称陈慥"所着帽，方耸而高"。

〔三〕公族：皇族。

〔四〕尔曹：指诸生。初以赵伯鱼为诸生，坐定后知其出于皇族，气味不同，非诸生所能比拟也。

〔五〕荆州：今湖北江陵。高与黄：谓高子勉与黄山谷。子勉江陵人，山谷时自戎州贬所还，过江陵，遂暂寓焉。琅琅：诵书声。

〔六〕"学诗"二句：学禅即参禅之意，谓于禅定中参究真理。学禅如未悟，则多处访问老宿，求其指点。

〔七〕正法眼：佛家语，谓得正道，可以朗照一切事物也。

【说明】

诗写赵伯鱼来访，赞其气味不俗，喜读黄山谷与高子勉诗，乃后生可畏者，谓当开导其学诗当如参禅，庶几能得诗中三昧也。

题湖南清绝图〔一〕

故人来从天柱峰，　手提石廪与祝融。〔二〕
两山坡陀几百里，　安得置之行李中。〔三〕
下有潇湘水清泻，　平沙侧岸摇丹枫。〔四〕

渔舟已入浦溆宿，　客帆日暮犹争风。〔五〕
我方骑马大梁下，　怪此物象不与常时同。〔六〕
故人谓我乃绢素，　粉精墨妙烦良工。〔七〕
都将湖南万古愁，　与我顷刻开心胸。〔八〕
诗成画往默惆怅，　老眼复厌京尘红。〔九〕

【注释】

〔一〕湖南清绝图：杜甫有“湖南清绝地”之句，图盖取此以为名。

〔二〕天柱峰、石廪、祝融：俱山峰名，在湖南衡山境。韩愈《谒衡岳庙》有“紫盖连延接天柱，石廪腾掷堆祝融”之句。

〔三〕两山：指石廪、祝融。坡陀：不平貌。

〔四〕潇湘：二水名，流经石廪、祝融两山之下。

〔五〕浦溆：大水有小口别通之称。

〔六〕大梁：汴京。

〔七〕“故人”二句：山谷《题郑防画夹五首》其一云：“欲唤扁舟归去，故人言是丹青。”为此二句所本。

〔八〕湖南万古愁：杜甫诗：“湖南清绝地，万古一长嗟。”

〔九〕京尘红：指汴京之热闹繁华。

【说明】

诗写石廪、祝融一带山水之清绝，以此入画，而初看不知其为画，以见其十分逼真，极端形容画之精妙。因看画而触发向往其地，厌恶汴京喧闹之情。

送王秘阁二首〔一〕（选一）

右军池头鸲鹆呼，康乐台下移柽疏。〔二〕
碧山学士此筑室，白发散人来卜居。〔三〕
身随沙鸥卧烟雨，十年无书上公府。〔四〕
枉作西班老从臣，看君才华不能举。〔五〕

【注释】

〔一〕王秘阁：王棁（zhuō）。

〔二〕右军池、康乐台：俱抚州地名。移（yí）、柽（chēng）：俱木名。

〔三〕碧山学士：指王秘阁。白发散人：作者自称。

〔四〕“身随”二句：从山谷《上权郡孙承议》中“身无功状堪上府”“长随白鸥卧烟雨”化出。

〔五〕“枉作”二句：西班，西掖之朝班，盖指中书舍人，作者尝为此官。王维《送丘为落第归江东》云：“知尔不能荐，羞称献纳臣。”为此二句所本。

【说明】

诗写王秘阁筑室抚州，自己有意于此卜邻。因言身已休闲，不接公府，而当日任职西掖，竟对王之高才，不能推荐，至今引为憾事。

某顷知黄州，墨卿为州司录，今八年矣，邂逅临川，送别二首〔一〕(选一)

盗贼犹如此，苍生困未苏。〔二〕
今年起安石，不用哭包胥。〔三〕
子去朝行在，人应问老夫。〔四〕
髭须衰白尽，瘦地日携锄。

【注释】

〔一〕黄州：今湖北黄冈。墨卿：未详何人。司录：掌管文书之官。宋制，州设司录参军。邂逅：不期而遇。临川：今江西抚州。

〔二〕盗贼：指金寇。苍生：百姓。苏：安息。

〔三〕安石：谢安字安石，此以喻赵鼎，鼎力主抗金。包胥：申包胥。吴用伍员策攻破楚国，包胥赴秦求援，哭七昼夜，秦王大受感动，发兵救之。

〔四〕行在：天子外出所驻之地曰行在。此指临安。老夫：作者自称。

【说明】

诗写金寇猖獗，人民困苦，是时朝廷起用主战重臣赵鼎，正谋出师北伐，收复失地，此大快人心之事。今于墨卿赴临安之际，托其有问及我者，望以我年老归耕告之，隐含投闲置散，不得其用之意。此诗“苏”“夫”在虞韵，“胥”“锄”在鱼韵，即所谓一进一退格也。

送宜黄宰任满赴调〔一〕

故老凋零尽，君犹识了翁。〔二〕
深知名节似，不但里闾同。
政府方交辟，高贤岂久穷。〔三〕
他年汝溪上，伴我钓秋风。〔四〕

【注释】

〔一〕宜黄宰：未详何人，此人为宜黄县令，宜黄今属江西。任满赴调：谓县令任期已满，赴京参加调选，改任他官。

〔二〕故老：前辈。凋零：言人死，犹树叶之凋谢零落。了翁：陈瓘字莹中，号了翁，沙县人。

〔三〕交辟：接连多次辟除。

〔四〕汝溪：抚河。

【说明】

诗首赞宜黄宰之名节，以其同乡人陈莹中比之。今任满赴京调选，当能青云得路，但劝其他时急流勇退，以相与过渔钓生活期之。

和李上舍冬日书事〔一〕

北风吹日昼多阴，日暮拥阶黄叶深。
倦鹊绕枝翻冻影，飞鸿摩月堕孤音。
推愁不去如相觅，与老无期稍见侵。
顾藉微官少年事，病来那复一分心。〔二〕

【注释】

〔一〕李上舍：指李錞。以上舍甲第入仕。

〔二〕顾藉：怜惜之意。韩愈《上留守郑相公启》："无一分顾藉心。"

【说明】

诗前四句写景，由昼而夜，一片萧瑟之状，呈现目前。倦鹊飞鸿，皆所以映衬诗人自己者。后四句言怀，稍带衰飒之气，与上面写景正相配合，然风格却较遒上。结处表现恬淡之致，故自可喜。此诗极为李彭所称赏，至谓"满朝以诗鸣，何独遗大雅。平生黄叶句，摸索便知价"。

夜泊宁陵〔一〕

汴水日驰三百里，扁舟东下更开帆。〔二〕
旦辞杞国风微北，夜泊宁陵月正南。〔三〕
老树挟霜鸣窣窣，寒花垂露落毵毵。〔四〕
茫然不悟身何处，水色天光共蔚蓝。〔五〕

【注释】

〔一〕宁陵：旧县名，在今河南商丘市西部。

〔二〕汴水：水名，亦称汴河、汴渠，流经汴京，故名。

〔三〕杞国：今河南杞县。

〔四〕窣窣（sū）：本作风凄冷解，此指风吹叶声。毵毵（sān）：

细长貌。东坡诗："半岩花雨落毵毵。"

〔五〕蔚蓝：深青明净之色。曾季貍《艇斋诗话》："韩子苍泛汴诗云：'汴水日驰三百里。'末章却云：'水色天光共蔚蓝。'汴水黄浊，安得蔚蓝也？"按亦概言之耳，不必如此拘泥。

【说明】

此诗前半写舟行之速，其势如丸之走坂。汴水滚滚而下，重以张帆，故舟朝发杞国，夜泊宁陵。三、四句从李白"朝辞白帝彩云间，千里江陵一日还"化出。方回释"扁舟东下更开帆"为"同是行人更分首"者，非也。后半写舟行所见之景，交代时令，正是寒冬天气。纪昀以"纯以气胜"评此诗，王士禛推为《陵阳集》中最佳之作，吕居仁至举此诗为学者法。向为诗评家所称许者如此。

次韵何文缜种竹〔一〕

杜陵穷老觅桤栽，　不似何郎种笛材。〔二〕
三径莫忧荒草合，　一樽如与故人开。〔三〕
未堪急雨枝枝打，　便有幽禽日日来。〔四〕
坐诵东坡食无肉，　诗肠日午转饥雷。〔五〕

【注释】

〔一〕何文缜：其人未详。

〔二〕"杜陵"句：杜甫自称"杜陵布衣"，有《凭何十一少府邕觅桤木栽》诗。何郎：指何文缜。笛材：竹可为笛，故曰"笛材"。

〔三〕三径：汉蒋诩于舍中竹下开三径。故人：指竹，谓之故人，亲之也。“与”作“为”解。

〔四〕“便有”句：此用杜甫诗“但见群鸥日日来”句律。

〔五〕“坐诵”句：东坡《於潜僧绿筠轩》：“可使食无肉，不可居无竹。”

【说明】

诗先写杜甫栽桤作陪衬，再引入何文缜种竹，言两人爱好不同，含有抑扬之意。竹下开径，荒草便无从生长，正如君子道长，则小人道消。诗人对之开樽，更有幽禽常来作伴，亦杜甫所谓“相亲相近水中鸥”。末引东坡诗以言自己好竹之甚。虽饥肠作雷鸣，亦不改其度也。

登赤壁矶〔一〕

缓寻翠竹白沙游，　更挽藤梢上上头。〔二〕
岂有危巢与栖鹘，　亦为陈迹但飞鸥。〔三〕
经营二顷将归老，　眷恋群山为少留。〔四〕
百日使君何足道，　空余新句在江楼。〔五〕

【注释】

〔一〕赤壁矶：亦名赤鼻矶，在湖北黄冈，东坡《赤壁赋》《赤壁怀古》即游此而作。

〔二〕翠竹白沙：杜甫诗：“白沙翠竹江村暮。”

〔三〕危巢与栖鹘：东坡《后赤壁赋》："攀栖鹘之危巢。""危"作"高"解，"与"作"给"解，言给鹘栖止之危巢。

〔四〕二顷：百亩为顷。苏秦自谓："使我有洛阳负郭田二顷，吾岂能佩六国相印乎？"(《史记·苏秦列传》)

〔五〕使君：太守之称。此处韩驹自指。驹守黄州，三月而罢。

【说明】

诗前半写登矶情景，东坡赋所谓"栖鹘之危巢"，已为陈迹，但见飞鸥而已，含有怀古之意。后半写将离开黄州，登矶游览，以寄依恋之情。转眼亦成陈迹，只空留诗句在江楼尔。后之视今，当犹今之视昔，其感慨深矣。

抚州邂逅彦正提刑，道旧感叹，辄书长句奉呈〔一〕

忆在昭文并直庐，　与君三岁侍皇居。〔二〕
花开辇路春迎驾，　日转蓬山晚晒书。〔三〕
学士南来尚岩穴，　神州北望已丘墟。〔四〕
愁逢汉节沧江上，　握手秋风泪满裾。

【注释】

〔一〕彦正：张纲字彦正，任提举刑狱公事。长句：七言古、律诗，并称长句。此篇为七律。

〔二〕昭文：昭文馆。并直庐：韩驹与张纲均曾任秘书省校书郎，为同僚，常一起值班。

〔三〕辇路：天子车马经行之路。蓬山：蓬莱山，仙人所居之地。此以指宫阙。

〔四〕学士：或作者自称，或别有所指。岩穴：隐者所居。丘墟：废墟。时中原久经战乱，已残破不堪矣。

【说明】

诗写旧日与张纲同任秘书省校书郎一起值庐之事，时天下承平，一片欢乐景象。而今日中原为金人所据，无限荒凉。与张纲邂逅握手之际，不胜感怀今昔。爱国之情，溢于言表。

即席送吕居仁〔一〕

一樽相属两华颠，　落日临分更泫然。〔二〕
蹀躞鸣珂君得路，　伶俜散策我归田。〔三〕
近闻南国生涯尽，　厌见西江杀气缠。〔四〕
欲买扁舟吴越去，　看山看水乐余年。〔五〕

【注释】

〔一〕即席：当席，谓在宴席上。

〔二〕华颠：头发花白。临分：临别。泫然：眼泪流貌。

〔三〕蹀躞（dié xiè）：马行貌。鸣珂：珂，饰马之玉；马行则珂鸣。伶俜（pīng）：单孑貌。散策：拄杖闲游。

〔四〕南国：指大江以南。西江：指江右，即今江西。时其地盗起，有兵事，故曰“杀气缠”。

〔五〕吴越：古两国名，在今江苏、浙江境。

【说明】

此送别之作。时韩驹在抚州，吕居仁尝至其地，临去，韩驹以诗送行。一、二句写饯别，三、四句写云泥异路，居仁鹏程万里，而自己则隐居以终老。因江西乱起，欲东游吴越，娱情于山水间也。

走笔谢人送酒〔一〕

此身投老倦黄埃，　傍水柴扉晚自开。〔二〕
百万愁城攻不破，　正须从事斩关来。〔三〕

【注释】

〔一〕走笔：挥笔。

〔二〕投老：至老。柴扉：柴门；扉，门扇。

〔三〕从事：青州从事，指好酒。斩关来：言需酒之急，正喜其斩关而至也。关有守者，恐为其留难，挨延时间，乃斩之而去。此夸张之词，奇警之至。

【说明】

此诗作于闲居之时，而忧愁压胸，有如坚城，虽百万强兵亦难以攻破，其甚不得意可见。当此之时，友人以美酒相送，正可作消愁之用，而感激之情，自在不言中矣。

题申居士霅溪图〔一〕

雪溪居士买山图，　碧玉峰前碧玉湖。〔二〕
中有一丘容我老，　暮年居士肯分无。

【注释】

〔一〕申居士：《陵阳集》中有为申应时而作之篇，申居士或即其人，其生平不详。居士，处士。霅（zhà）溪：水名，在浙江吴兴县境。

〔二〕买山图：古有买山而隐之说，后遂为归隐之称。此买山图即指申居士隐处霅溪之图。碧玉峰：云南有碧玉峰，此当在吴兴境；或非专名，仅以碧玉作形容词耳。碧玉湖：当指太湖。

【说明】

霅溪饶山水之胜，作者见图而向往其地，欲向申居士借一丘以终老，于诗中申以问之。用笔颇有风致。

信州连使君惠酒戏书二绝谢之〔一〕（选一）

忆倾南库官供酒，　共赏西京敕赐花。〔二〕
白发逢春醒复醉，　岂知流落在天涯。

故事：每岁洛阳贡花，赐馆职百朵，并赐南库法酒。

【注释】

〔一〕信州：今江西上饶。连使君：连姓，未详其名，时任信州太守。

〔二〕南库：库名，天子贮钱物之处，常取以赏赐臣下。西京：指洛阳。

【说明】

因连使君惠酒而忆及往昔蒙朝廷赐以西京贡花及南库法酒之事，而今天涯流落，逢春自酌，别是一番凄凉情景，此岂始料所及？今昔对比，感慨特深。

李　彭

李彭字商老，宋南康军建昌人。陈振孙谓为李公择之从孙，王明清又谓李定之孙，未知孰是。吕居仁称“商老诗文富赡宏博，非后生容易可到”。纪昀亦以为其诗“锤炼精研，时多警策，颇见磨淬之功”。以布衣终，灌园修水之上。有《日涉园集》。

予夏中卧病起，已见落叶，因取渊明诗“门庭多落叶，慨然知已秋”赋十章遣兴（选三）

西岭障斜日，　澄江来绕门。
归鸦千万点，　暝色入远村。〔一〕

我初卧病时，　桑麻翳负郭。〔二〕
扶杖延秋风，　山川俱黄落。〔三〕

平生老骥心，　伏枥端有在。〔四〕
华月生夜凉，　南窗歌慷慨。〔五〕

【注释】

〔一〕“暝色”句：化用李白句：“暝色入高楼。”

〔二〕翳：蔽也。负郭：背城之处。

〔三〕延：引。“山川”句：用山谷诗：“黄落山川知晚秋。”

〔四〕“平生”二句：言自己如老骥伏枥，壮心尚在。用曹操诗：“老骥伏枥，志在千里。烈士暮年，壮心不已。”

〔五〕慷慨：激昂之意。

【说明】

第一首所写风物，与秦观《满庭芳》词所咏“斜阳外，寒鸦数点，流水绕孤村”极为相似。一片暮景，宛然可画。

第二首写卧病之久，全从景物衬托而出，可感性强。

第三首自写怀抱，欲有所为而不得，故慨当以慷。

题洪驹父、徐师川诗后〔一〕

籍甚洪崖县，　高寒欲无敌。〔二〕
徐郎聘君后，　挺挺百夫特。〔三〕
堂堂无双公，　户外满屦迹。〔四〕
虎豹雄牙须，　侪流甘辟易。〔五〕
徐诗到平澹，　反自穷艰极。〔六〕
周鼎无款识，　赏音略岑寂。〔七〕
阴何不支梧，　少陵颇前席。〔八〕

洪语自奇险，　余子伤剽贼。
大似樊绍述，　文字各识职。〔九〕
二子办饤饾，　鄙夫与下客。〔一〇〕
粢食荐铏羹，　熊蹯杂象白。〔一一〕
殿最付公议，　吾言可以默。〔一二〕

【注释】

〔一〕洪驹父、徐师川：俱见前本人小传。

〔二〕籍甚：盛也。洪崖县：今南昌市新建区。相传洪崖先生得道于此。此借指洪刍。

〔三〕徐郎：指徐师川。聘君：指徐稺，屡举皆不就。

〔四〕无双公：后汉黄香，幼有盛誉，京师号曰："天下无双，江夏黄童。"此借指黄山谷。"户外"句：言来求教者之多。

〔五〕"虎豹"句：比况洪、徐之雄伟。辟易：退避。

〔六〕"徐诗"二句：谓师川之诗，自艰难归于平淡也。语本韩愈诗："奸穷怪变得，往往造平淡。"

〔七〕款识：指钟鼎上所刻文字。此句以周鼎之古，比况师川之诗。岑寂：寂寥。

〔八〕阴何：阴铿、何逊。支梧：抵当，敌对。少陵：杜甫自称少陵野老。前席：坐席移前，表示喜悦。

〔九〕"大似"二句：樊绍述文章为韩愈所称道，以"文从字顺各识职"许之，见所作《南阳樊绍述墓志铭》。

〔一〇〕二子：指洪驹父与徐师川。饤饾（dìng dòu）：肴核堆积之状。与：参与。

〔一一〕粢（zī）：各种稻之总称。铏羹：调以五味之菜羹，盛之于铏器曰铏羹。熊蹯（fán）、象白：指熊掌与象腹，皆味之极美者。

〔一二〕殿最：考课等差之在最后者曰殿，在最前者曰最。

【说明】

作者对于洪、徐之诗，极为推崇。先言二人受教于舅氏山谷，同时学于山谷者皆不能及。其所造诣，徐则胜过阴、何，当为少陵所首肯；洪则诗语奇险，而又各识其职，可方樊宗师。入后以馔食为譬，二人诗若熊蹯、象白之爽于口，至其间殿最，当付之公议，非予所能决，实则谓难分优劣也。工于刻画，形象鲜明。

玉花骢〔一〕

杜陵绝唱骢马行，　想见蹑云喷玉声，
龙眠貌出姿态横。〔二〕
香罗覆背红汗透，　如行沙苑秋风瘦，
我羹芋魁乃饭豆。〔三〕
不爱金羁如此骢，　深云一坞住山翁，
朝霞入颊常暾红。〔四〕

【注释】

〔一〕玉花骢：骏马名。杜甫《丹青引》云：“先帝御马玉花骢。”

〔二〕“杜陵”句：杜甫有《高都护骢马行》，此诗之妙，后无嗣响。蹑云：言马行之快。喷玉：形容马鸣声。貌：绘画，动词。

〔三〕“香罗”句：语意取自杜甫《骢马行》：“赤汗微生白雪毛，银鞍却覆香罗帕。”沙苑：地名，在今陕西，唐置沙苑监以养马。羹：名词动用，做羹。

〔四〕坞：山之四面高而中央低者。山翁：作者自谓。

【说明】

此咏画诗，先写骢马之才能，而其所食者仅豆与芋魁。然后入自己，谓居深山中有以自乐，如骢马之不爱金羁。故名为咏画，实乃咏人，以见作者之浮云富贵也。诗每句用韵，三句一更换，盖次山谷《观伯时画马礼部试院作》诗韵也。

漫兴〔一〕

雁带秋声满，　鸥将暝色归。
打窗红叶乱，　裁句碧云飞。〔二〕
好饮酒储尽，　少眠茶梦稀。〔三〕
眷言方外侣，　时送北山薇。〔四〕

【注释】

〔一〕漫兴：杜甫有《绝句漫兴九首》。王嗣奭《杜臆》云：“兴之所到，率然而成，故云漫兴。”

〔二〕碧云飞：形容诗句之飘逸。

〔三〕茶梦稀：喝茶能使人精神振奋，睡眠少，故云“茶梦稀”。

〔四〕眷言：眷，恋也；言，虚词，无义。方外：犹言世外，如僧道皆游于方之外者。薇：植物名。

【说明】

此率尔即兴之作。上半写景，第四句启下，“带”“将”二字炼，谓雁飞高空，把秋声带去，鸥趁晚归，叫暮色作伴，真是可解而又不可解，所以为奇。下半叙事，谓无酒，但饮茶，且赖他人送菜，其生活之贫困可想，不言愁而愁在其中矣。

春日怀秦髯〔一〕

山雨萧萧作快晴，　郊园物物近清明。〔二〕
花如解语迎人笑，　草不知名随意生。
晚节渐于春事懒，　病躯却怕酒壶倾。〔三〕
睡余若忆旧交友，　应在日边听晓莺。〔四〕

【注释】

〔一〕秦髯：秦观多髯，故有此称。晁无咎亦有“淮海一髯秦”之句。

〔二〕萧萧：此指雨声。

〔三〕晚节：晚年。此句用杜甫“晚节渐于诗律细”句式。

〔四〕日边：指京师。

【说明】

上半写春景，花迎人笑，草随意生，花草皆拟人化，用笔清新可喜。随意者，随人意也，与“春草无人随意绿”者不同。下半写自己生活近况与怀念秦观，言外有云泥异路之感。出语自然，不事雕琢。

晁冲之

晁冲之（约1072—？），字叔用，宋巨野人。绍圣初，落党籍中，遂超然栖遁于具茨之下，号具茨先生。

叔用受知于吕居仁，居仁列之江西诗派中，云众人学山谷，叔用独专学杜甫。刘克庄称其诗“意度宏阔，气力宽余，一洗诗人穷饿酸辛之态……南渡后放翁可以继之”。有《晁具茨集》。

和四兄雪夜韵〔一〕

夏虫不知冰，越犬不识雪。〔二〕
我独冰雪间，肘见冠缨绝。〔三〕
青灯挂长檠，文字夜涉猎。〔四〕
问米米已无，问酒酒已竭。
当时陶渊明，同日无此阙。
置书忽不乐，面壁卧呕噎。
虫犬两不如，悲歌聊一发。

【注释】

〔一〕四兄：指晁以道，其在晁氏群从间排行居第四。

〔二〕“夏虫”句：《庄子·秋水》：“夏虫不可以语于冰者，笃于时也。”“越犬”句：越无雪，犬见雪则吠，吠所怪也。事见柳宗元《答韦中立论师道书》，后因有“越犬吠雪”之语。

〔三〕“肘见”句：袖敝则肘见。缨，冠带。肘见缨绝，皆言穷苦之状。《庄子·让王》：“（曾子）正冠而缨绝，捉衿而肘见。”

〔四〕长檠：灯架之长者。涉猎：浏览。

【说明】

此诗雪夜有感而作。作者露肘断缨，皆以状其穷困。当此冰天雪地，饱饭醉酒，尚可以稍御寒气，而米酒皆无，不知何以度日！因叹己之不如夏虫越犬，无与于冰雪之苦也。长歌当哭，如闻其声。

雪效柳子厚〔一〕

月落鸡声寒，晓色静茅屋。
开门惊不知，夜雪压修竹。
槎牙生新冰，鳞甲刻溪谷。〔二〕
皛皛洲渚明，冽冽川原肃。〔三〕
孤蹲雀不动，沉酣客犹宿。
呼童晨汲归，独漱寒泉玉。〔四〕

【注释】

〔一〕柳子厚：柳宗元字子厚。

〔二〕槎牙：树枝歧出，此处以状冰。鳞甲：溪谷高低不平，雪覆其上，状若鳞甲。

〔三〕皛皛（xiǎo）：色白。冽冽：寒貌。肃：缩栗也。

〔四〕玉：言泉水之清洁。

【说明】

此诗咏雪景，由近而远，刻画入妙。时在清晓，雀蹲不动，客犹酣眠，而作者已兴，一切摄入眼中，一片孤寂，独生会心。范大士《历代诗发》云："清刚秀削，冷焰逼人。"可谓的评。题曰"效柳子厚"，殆指《江雪》一诗，亦冷焰逼人之作也。

感梅忆王立之〔一〕

王子已仙去，　梅花空自新。〔二〕
江山余此物，　海岱失斯人。〔三〕
宾客他乡老，　园林几度春。〔四〕
城南载酒地，　生死一沾巾。〔五〕

【注释】

〔一〕王立之：王直方字立之，汴人。

〔二〕仙去：犹言死去。"梅花"句：此叹物存人亡。

〔三〕此物：指梅花。海岱：《书·禹贡》："海岱惟青州。"蔡沈《书集传》:“青州之域，东北至海，西南距岱。岱，泰山也。”此非实指，犹言国家。

〔四〕“宾客”句：立之好客，客至必命酒剧饮。立之死，宾客皆散去。“园林”句：立之有先人园在汴京城南，延致名士唱和。自立之死，多年来园林空自春矣。

〔五〕载酒：扬雄家贫嗜酒，好事者载酒肴从游学。此借用其字，意谓置酒也。“生死”句：谓自己与立之为生死之交，今立之既亡，不禁潸然出涕矣。

【说明】

此诗写因见梅花而兴念死友，不胜物存人亡之痛。当日立之常延致宾客于其家小园中宴饮，此乐已不复有矣。作者即与于宾客之数，每为此事而太息。如云：“不到城南久，黄梅几度新。”(《怀王立之》)“此地与君凡几醉，年年同赋腊梅诗。”(《过王立之故居》)盖不胜山阳闻笛之哀矣。纪昀评曰：“似平易而极深稳，斯为老笔。”固非常人所能企及也。

寄江子之〔一〕

平生江季子，疏懒近忘吾。〔二〕
不啻三年别，如何一字无。〔三〕
烧丹岣嵝令，酿酒步兵厨。〔四〕
二者将安择，功名莫浪图。

【注释】

〔一〕江子之：江端本字子之，宋陈留人。

〔二〕江季子：指江子之，其上有二兄端礼、端友，端本其季也。

〔三〕一字无：言无书信也。杜甫诗："亲朋无一字。"

〔四〕"烧丹"句：晋葛洪以交趾出丹砂，求为勾漏令。"酿酒"句：晋阮籍闻步兵厨善酿，求为步兵校尉。

【说明】

诗言相别三年以来，子之竟无一书见及，乃以疏懒责之。以下为子之谋，皆逃避世网者之事，谓莫以功名为意。凡此皆有以见二人交谊之深。用笔一气舒卷，畅快无比。

过陈无己墓〔一〕

以我怀公意，　知公待我情。〔二〕
五年三过客，　九岁一门生。
近访遗文录，　重经故里行。
寄书无郑尹，　谁为葬彭城。〔三〕

【注释】

〔一〕陈无己墓：陈无己以建中靖国元年（1101）殁于汴京，友人邹浩买棺以殓，并藁葬之。后经朝廷赐绢与朋友赙赠，始得归葬。此指藁葬之墓。

〔二〕"以我"二句：化用韩愈《与孟东野书》："以吾心之思足

下，知足下悬悬于吾也。”

〔三〕郑尹：指郑余庆。孟郊卒，韩愈以书告兴元尹郑余庆，余庆遂厚赙之。（见韩愈《贞曜先生墓志铭》）“谁为”句：冲之作此诗时，无己尚未归葬。

【说明】

晁冲之尝从陈无己学，师弟子之情谊甚笃，两次过其墓，皆赋诗写哀。另一篇云：“我亦尝参诸弟子，往来徒步拜公坟。”言明二人之关系。此篇更见得相与之深，其中言及经故里访遗文之事，并痛其尚未归葬，可谓切于心衷矣。不假雕琢，深情感人。

谢富察见过〔一〕

饭蔬君莫厌，瓜果我时须。
自可随丰俭，谁能问有无。
堕蜂冲博局，惊燕避投壶，〔二〕
不惮过从远，频来访老夫。〔三〕

【注释】

〔一〕谢富察：其生平未详。

〔二〕博局：棋枰之类。投壶：古时主客宴饮相娱乐之事。其制设壶一，宾主各投矢其中，胜者以酒饮负者。

〔三〕老夫：作者自谓。

【说明】

诗上半写款待俭约，称家之有无，可见二人为忘形之交。下半写过从中游戏之事，并希望谢常来见访。五、六句以行博投壶之细节，写得如此精妙，前人所未有也。

和四兄以道闲居，感叹有作

掩卷忽不乐，扪心空浩叹。〔一〕
家声畏沦坠，世态属艰难。
月倒迎门屣，风弹挂壁冠。〔二〕
萧然对孤竹，一笑共衰残。

【注释】

〔一〕掩卷：闭卷。

〔二〕“月倒”二句：《三国志·王粲传》载蔡邕闻粲在门，急起迎之，倒着其屣。此借用“倒屣”二字，谓月对作者表示欢迎。《汉书·王吉传》有“王阳在位，贡公弹冠”之语。弹冠者，谓将入仕而弹冠去其尘埃也。此亦借用，言风来与作者相亲。两句皆抒写孤寂之感，落想甚奇。

【说明】

在当时新旧党争中，晁氏兄弟多挂元祐党籍，故诗有世态艰难、家声沦坠之叹。但作者兄弟亦有以自乐，闲居之中，风月为伴，孤竹相对，固可以永年矣。颈联旧语活用，立意奇特，而作者兄弟出尘之姿，岂不宛然在目乎？

伤心时籍潞公宅〔一〕

沙路朱幡想驭轩，伤心岁月似星奔。〔二〕
平泉有墅空流水，绿野无人但绕垣。〔三〕
九老画图传盛事，四朝书史载殊恩。〔四〕
如何圬者持镘过，已向比邻问子孙。〔五〕

【注释】

〔一〕潞公：文彦博封潞国公。

〔二〕沙路：唐故事，宰相初拜，京兆使人载沙填路，自私第至于城东街，名沙堤。朱幡（fān）：幡，车耳反出，所以为障蔽者，其色朱，贵者所乘。驭轩：驾车。

〔三〕平泉：庄名，唐李德裕所建别墅。绿野：堂名，裴度所建别墅。

〔四〕九老画图：白居易居洛阳，与其他八人宴集，皆高年，时人慕之，为绘《九老图》。此以比文彦博与富弼、司马光等结洛阳耆英会。《渑水燕谈录》：“元丰五年，文潞公留守西京，慕唐白乐天九老会，于是悉聚洛中大夫贤而老自逸者，韩公置酒相乐，凡十二人。”四朝：文彦博历仕宋仁宗、英宗、神宗、哲宗四朝。

〔五〕“如何”二句：韩愈《圬者王承福传》载王承福之言曰：“吾操镘以入富贵之家有年矣。有一至者焉，又往过之，则为墟矣；有再至三至者焉，而往过之，则为墟矣。问之其邻，或曰：

‘噫！刑戮也！’或曰：‘身既死而其子孙不能有也。’或曰：‘死而归之官也。’”

【说明】

此诗为籍录文彦博宅而作，作者为之不平，故以“伤心”为题。此事盖出于新党。绍圣初，党祸起，晁氏群从多在党籍中，故实为时局发也。诗写平泉、绿野，乃以况潞公宅。以潞公之丰功伟绩，为国重臣，而遭到王承福所叹之命运，令人气愤。但以淡语出之，较为委婉，盖意在避法网也。

留别江子之

尽室飘零去上都，试于溱洧卜幽居。〔一〕
不从刺史求彭泽，敢向君王乞镜湖。〔二〕
平日甚豪今潦倒，少年最乐晚崎岖。
故人鼎贵甘相绝，别后君须寄一书。

【注释】

〔一〕上都：指汴京。溱洧（zhēn wěi）：二水名，在今河南省。

〔二〕“不从”句：《晋书·陶潜传》：“谓亲朋曰：‘聊欲弦歌，以为三径之资可乎？’执事者闻之，以为彭泽令。”此借用，作者自谓。“敢向”句：《新唐书·贺知章传》：“请为道士，还乡里，诏许之，以宅为千秋观而居。又求周宫湖数顷为放生池，有诏赐镜湖剡川一曲。”“敢”是“岂敢”之意，言己不能如贺知章所为也。

【说明】

此诗皆作者自述，上半言其离开汴京，将卜居于溱洧之上，以隐退为事，不向朝廷求官职，自甘淡泊。下半言其昔日意气之盛，而今已颓唐，见绝于达官之友，唯希望子之别后有书相与。杜甫《贫交行》云："君不见管鲍贫时交，此道今人弃如土。"晁冲之亦深有慨于此云。

夜行

老去功名意转疏，独骑瘦马取长途。〔一〕
孤村到晓犹灯火，知有人家夜读书。

【注释】

〔一〕"独骑"句：杜甫《江汉》云："古来存老马，不必取长途。"此借用其字，叹己之奔波道路也。

【说明】

作者已无意于功名，淡泊自甘，盖饱阅世态而生此想法。山谷诗云："功名可致犹回首，何况功名不可求。"夫自始绝意功名之人，世所不乏，而大多数乃求而不得。作者独骑瘦马夜行，崎岖道路，其蹭蹬之状可想。但见孤村中有燃灯彻夜读书者，虑其前途将类似于我。怀才不遇，盖当时之普遍现象也，其所慨深矣。

谢　薖

谢薖（约1071—1115），字幼槃，号竹友居士，宋临川人，举进士不第，以布衣终。与兄逸俱有诗名，时称“二谢”。虽列江西诗派，朱彝尊谓“其诗实与涪翁别”。吕居仁称“其似谢宣城”，朱又谓不类。然自清逸可喜，在当时堪称佼佼者也。

读潘邠老庐山纪行诗〔一〕

杜陵骨已朽，　潘子今似之。〔二〕
欻观庐山作，　乃类北征诗。〔三〕
是家好男子，　札翰非凡儿。
阿耶有新句，　把笔如画锥。〔四〕
此诗落吾手，　三复喜可知。〔五〕
有才如长卿，　武帝思同时。〔六〕
不令歌天马，　亦合赋灵芝。〔七〕
胡为鬓已凋，　但作愁苦辞。
锦囊勿妄发，　恐为俗子嗤。〔八〕

【注释】

〔一〕潘邠老：见前本人小传。

〔二〕杜陵：杜甫自称杜陵布衣。

〔三〕北征：杜甫名篇之一。

〔四〕画锥：书法有所谓“锥画沙”，盖状用笔藏锋之妙。

〔五〕三复：多次反复诵读。《论语》：“南容三复白圭。”

〔六〕“有才”二句：长卿，司马相如字长卿。汉武帝读其《子虚赋》而善之，曰：“朕独不得与此人同时哉！”于是狗监杨得意荐之于上。

〔七〕歌天马：元鼎四年（前113）秋，马生渥洼水中，作天马之歌。赋灵芝：《郊祀歌》十九章其十三《齐房》：“齐房产草，九茎连叶……蔓蔓日茂，芝成灵华。”即此诗所谓“赋灵芝”也。

〔八〕锦囊：李贺每旦出，背古锦囊，遇所得，书投囊中，及暮归，足成之。

【说明】

诗分两层，上层称赞邠老庐山之作，可比《北征》，又为其郎儿所书，其笔力有如锥画沙，可称双绝，故以得之为喜。下层惜以邠老之才，当为世用，而终于不见用，使发为愁苦之辞。此俗子所不能理解者，故劝其勿轻易出之，盖叹世之无知音也。

寄题王立之赋归堂〔一〕

小官五斗米，　达官五鼎食。〔二〕
均有怀禄心，　细大各封殖。〔三〕

疾驱挽不还，　此辈车毂击。
王侯生绮纨，　雅意在山泽。〔四〕
颇赋归去来，　作堂慰休息。〔五〕
似闻一樽酒，　醉眼分青白。〔六〕
何时上君堂，　酌酒话畴昔。
和君五字句，　想望柴桑陌。〔七〕

【注释】

〔一〕赋归堂：王立之家有小园，在汴京城南，自命园中之堂曰“赋归”。

〔二〕五斗米：言俸禄之少。陶渊明有不为五斗米折腰之事。五鼎食：言食之丰盛，为高官所具。汉主父偃有“生不五鼎食，死当五鼎烹”之语。

〔三〕封殖：积财。

〔四〕生绮纨：言生于富贵之家。雅意：素志。

〔五〕归去来：陶渊明著有《归去来兮辞》。

〔六〕“醉眼”句：阮籍能为青白眼，青眼以待可喜之人，白眼以待可恶之人。

〔七〕柴桑陌：陶渊明弃官归柴桑，此处借指王立之赋归堂。

【说明】

诗写官无大小，皆以封殖为急，故忙忙碌碌，不知休止。独立之异趣，作赋归堂为息影之地。其为人胸有泾渭，眼分青白。因和立之诗，遂生向往之心，欲登堂一话旧情，盖二人意气相投也。

雨后秋山

宿云散曾阴，　秀色还叠嶂。〔一〕
如将螺子绿，　画作长蛾样。〔二〕
光浮竹木杪，　影落檐楹上。
何人妙盘礴，　淡墨写屏障。〔三〕
五弦岂须抚？　众响亦清亮。〔四〕
我病不出游，　素壁倚藤杖。
举觞酹群峰，　岁晚一相访。

【注释】

〔一〕曾阴：层阴，重阴也。叠嶂：重叠山峰。

〔二〕“如将”二句：谓山如黛绿画成之长眉。此化用韩愈《南山诗》：“天空浮修眉，浓绿画新就。”

〔三〕盘礴：伸开两腿而坐。《庄子·田子方》：“宋元君将画图……有一史后至者，儃儃然不趋，受揖不立，因之舍。公使人视之，则解衣般礴，裸。君曰：‘可矣，是真画者也。’”

〔四〕五弦：乐器名。

【说明】

此诗写雨后秋山美景。山似黛眉，树影落檐，声响入乐，俨如一幅图画，无不可爱。惜病不能出游，岁晚当一偿此愿也。用笔闲雅有致。

陶渊明写真图〔一〕

渊明归去浔阳曲，　杖藜蒲鞋巾一幅。〔二〕
阴阴老树啭黄莺，　艳艳东篱粲霜菊。
世纷无尽过眼空，　生事不丰随意足。
庙廊之姿老蓬荜，　环堵萧条仅容膝。〔三〕
大儿顽顿懒诗书，　小儿娇痴爱梨栗。〔四〕
老妻日暮荷锄归，　欣然一笑共蜗室。〔五〕
哦诗未遣愁肝肾，　醉里呼儿供纸笔。
时时得句辄写之，　五言平淡用一律。〔六〕
田家酒熟夜打门，　头上自有漉酒巾。〔七〕
老农时问桑麻长，　提壶挈榼来相亲。〔八〕
一尊径醉北窗卧，　萧然自谓羲皇人。〔九〕
此公闻道穷亦乐，　容貌不枯似丹渥。〔一〇〕
儒林纷纷随溷浊，　山林高义久寂寞。
假令九原今可作，　举公篮舆也不恶。〔一一〕

【注释】

〔一〕写真：画像。杜甫诗：“每逢佳士亦写真。”

〔二〕浔阳曲：指柴桑。巾一幅：以缣全幅束头曰幅巾，野人之服。

〔三〕庙廊：朝廷。蓬荜：蓬户荜门，以称简陋之居室。环堵萧条：陶渊明《五柳先生传》：“环堵萧然。”言家中空无所有。五柳先生，乃渊明自号也。容膝：言室之小仅可容膝。陶渊明《归去来兮辞》："审容膝之易安。"

〔四〕"大儿"二句：陶渊明《责子》："阿舒已二八，懒惰故无匹……通子垂九龄，但觅梨与栗。"

〔五〕蜗室：形容室之小。

〔六〕平淡用一律：言诗风一律平淡也。山谷诗："句法提一律。"

〔七〕漉酒巾：陶渊明以头巾漉酒。漉，滲也。

〔八〕"老农"句：言时以桑麻长之事问老农也。陶渊明《归园田居》："时复墟曲中，披草共来往。相见无杂言，但道桑麻长。""提壶"句：陶渊明《饮酒》："问子为谁欤，田父有好怀。壶浆远见候，疑我与时乘。"

〔九〕"一尊"二句：陶渊明《与子俨等疏》："常言五六月中，北窗下卧，遇凉风暂至，自谓是羲皇上人。"

〔一〇〕丹渥：犹渥丹。《诗·终南》："颜如渥丹。"言颜色如厚渍之丹。

〔一一〕九原：墓地。举公篮舆：《晋书·陶潜传》载，江州刺史王弘曾趁渊明往庐山，于半道见之。渊明归时，乃令一门生二子共舆之至州。此言作者之心愿，表示景仰之意。

【说明】

此诗分四层：一层写陶渊明归来后对自然环境之自我满足；二层写陶渊明在家庭中之生活，自得其乐；三层写陶渊明之饮酒生活；四层写陶渊明乐道安贫、潇洒出尘之高致。摹写入妙，如睹陶公生平，令人肃然起敬。

颜鲁公祠堂〔一〕

上皇御宇无长策，　牧羊奴子孤恩泽。〔二〕
银菟分印属儿曹，　二十余州齐陷贼。〔三〕
常山死守平原拒，　公家兄弟声名赫。〔四〕
平原白首列班行，　忠义凛凛真严霜。〔五〕
历事四朝惟一节，　当年舌舐中丞血。〔六〕
岂知丞相面如蓝，　貌虽夷易心巉岩。〔七〕
老臣何罪死虎口，　到今谁为祛其衔。〔八〕
临风志士长悲吒，　矧瞻遗像严祠下。
未能立草迎送词，　一奠椒浆泪盈把。〔九〕

【注释】

〔一〕颜鲁公：颜真卿封鲁国公，其祠堂在蔡州。

〔二〕上皇：指唐玄宗。御宇：统治天下。牧羊奴子：指安禄山，颜杲卿曾骂他为营州牧羊羯奴。

〔三〕银菟：符之一种。儿曹：指安禄山义子，皆被禄山授以兵符。

〔四〕常山：颜杲卿为常山太守，安禄山叛，起兵抗贼，兵败被执，骂贼而死。

〔五〕列班行：谓列于朝班。按真卿自平原太守擢任刑部尚书。严霜：比况真卿忠贞之节，凛然不可犯。

〔六〕历事四朝：颜真卿历事唐玄宗、肃宗、代宗、德宗四朝。舌舐中丞血：中丞指卢杞之父卢奕。奕为御史中丞，死于贼。《旧唐书·颜真卿传》载，卢杞为相，排斥真卿，真卿面斥之，谓“相公先中丞传首至平原，面上血真卿不敢衣拭，以舌舐之，相公忍不相容乎？”

〔七〕面如蓝：《旧唐书·卢杞传》：“杞貌陋而色如蓝，人皆鬼视之。”言其用心险恶也。

〔八〕死虎口：李希烈陷汝州，形势危急，卢杞建议使真卿往谕之。真卿至希烈军，怒斥之，为所害。祛衔：祛，开也；衔，恨也。颜真卿死后，怒恨未消，言恨之深也。

〔九〕迎送词：指迎送颜鲁公神所用祭文一类文章。

【说明】

此诗表彰颜鲁公之忠义。安禄山叛，真卿起兵抵抗，功绩卓著；而卢杞蓄意陷害，借手于李希烈，为所缢杀。今过其祠下，凭吊英魂，不胜敬仰悲愤之情。情辞慷慨，褒贬分明，真史笔也。

送王坦夫由淮南入京〔一〕

王郎乘兴上扁舟，　数遣书来写我忧。
奏牍三年待金马，　卷帘十里梦扬州。〔二〕
桃花水涨理归楫，　莲叶杯香消客愁。〔三〕
白发倚门长望子，　细君应付大刀头。〔四〕

【注释】

〔一〕王坦夫：未详其生平。淮南：指扬州。

〔二〕奏牍：上天子奏疏。《史记·滑稽列传》：“（东方）朔初入长安，至公车上书，凡用三千奏牍。”金马：此以汉宫门比宋宫门。

“卷帘”句：杜牧诗：“十年一觉扬州梦。”又：“卷上珠帘总不如。”

〔三〕桃花水：桃方花时，有雨水，谓之桃花水。莲叶杯：杯之作莲叶形者。

〔四〕“白发”句：谓王之老母倚门而望其归。“细君”句：谓王之妻子应付以大刀头，亦冀其来归也。细君，妻之别称。大刀头有环，借作“还”。

【说明】

诗写得王坦夫来书，并言其先后至汴京与扬州，皆无所遇合。今又从扬州赴汴京，仆仆道途，因劝其还乡，无久于羁旅以自苦，致劳母妻之殷切盼望也。

戏咏石榴晚开二首（选一）

靡靡江蓠只唤愁，　眼前何物可忘忧。〔一〕
楝花净尽绿阴满，　才见一枝安石榴。〔二〕

【注释】

〔一〕靡靡：尽貌。江蓠：香草名。

〔二〕楝花：楝树三、四月开花。安石榴：石榴，因汉张骞得之安石国，故又有此名。

【说明】

诗写江蓠已凋谢，楝叶又已成荫，借此二物以衬托石榴之盛开，故最足供人赏玩。相形见意，极有风致。

夏　倪

夏倪，字均父，宋德安人，一作蕲州人，因其祖竦谪黄州，遂家于蕲。宣和中，自府曹左官祁阳监酒，后知江州。与吕居仁友善，居仁为列入江西诗派。赣州所刊《百家诗选》，其序称“均父自言，以在下列为耻”。吴曾《能改斋漫录》考居仁作宗派图时，均父没已六年，其为谬妄可知。有《远游堂集》。

和山谷游百花州，盘礴范文正公祠下，以“生存华屋处，零落归山丘”为韵赋十诗〔一〕（选三）

堂堂古遗直，心严貌无华。〔二〕
人见不妩媚，何以娱大家？〔三〕

朴蔌复朴蔌，何以栋我屋？〔四〕
风雨莫轻摇，南山无老木。

梦回四贤篇，长风吹人醒。〔五〕
嗟哉不我见，泪与秋露零。

【注释】

〔一〕百花洲：在邓州，即今南阳。盘礴：同般礴，伸足而坐。“生存”二句：曹植诗句。

〔二〕遗直：言有古人直道而行之遗风。《左传》：“仲尼曰：‘叔向，古之遗直也。’”

〔三〕妩媚：妍美悦人。大家：天子之称。

〔四〕朴蔌：小木也。栋：名词动用，谓支撑也。朴蔌小材，安能胜栋梁之任？

〔五〕四贤篇：蔡襄作《四贤一不肖诗》，四贤谓范仲淹、欧阳修、尹洙、余靖，一不肖谓高若讷。

【说明】

第一首称范仲淹为直臣，不能取悦于天子。

第二首称范仲淹任国家之重，不能轻易去之。

第三首言不及见范仲淹以为憾事。

跋聚蚁图〔一〕

纷然虫臂蚁争环，　付与高人一解颜。〔二〕

不待南柯昏宦毕，　始知身寄大槐间。〔三〕

【注释】

〔一〕聚蚁图：李公佐《南柯太守传》称，淳于棼梦至大槐安国，任南柯太守，荣华富贵二十年，及醒，寻得槐下一穴，所谓南柯郡者，槐南枝下之蚁穴也。因叹人世之虚浮，荣华富贵不过南柯一梦而已。聚蚁图盖取义于此。

〔二〕虫臂：喻卑微下贱之物也。《庄子·大宗师》："以汝为虫臂乎？"

〔三〕昏宦：昏，同"婚"。谓婚娶仕宦也。淳于棼梦为南柯太守，娶王女，后王女死，又落太守职，梦醒。

【说明】

此诗因见图上画群蚁争虫臂而小视富贵，知其为虚浮之物，固不待南柯婚宦毕而始悟及此理，人又何必追求富贵为哉？

林敏功

林敏功字子仁，别字松坡，宋蕲春人。以《春秋》乡荐不第，遂杜门不出。后诏征，亦不赴。神宗赐号高隐处士。与弟敏修相友善，有“二林”之目。刘克庄谓“二林诗极少，曾端伯作《高隐小传》，云有诗文百二十卷，今所存十无一二”。有《高隐集》。

书吴熙老醉杜甫图〔一〕

清晨出寻酒家门，蹇驴破帽衣悬鹑。〔二〕
年年碧鸡坊下路，野梅官柳惯寻春。〔三〕
酒钱有无俱醉倒，改罢新诗留腹稿。〔四〕
儿童拍手遮路衢，拾遗笑倩旁人扶。〔五〕
百年风雅前无古，沈宋曹刘安足数。〔六〕
后来一字人难补，君莫笑渠作诗苦。〔七〕

【注释】

〔一〕吴熙老：其人未详。

〔二〕蹇驴：跛足驴。衣悬鹑：鹑尾特秃，若衣之短结，故谓衣之敝恶曰“悬鹑”。

〔三〕“年年”二句：本于杜甫《西郊》：“时出碧鸡坊，西郊向草堂。市桥官柳细，江路野梅香。”

〔四〕改罢新诗：杜甫诗：“新诗改罢自长吟。”腹稿：谓文章如夙构，落笔即成，不易一字。

〔五〕“拾遗”句：山谷《老杜浣花溪图引》：“宗文守家宗武扶。”此云旁人扶，皆写杜甫醉时情景。

〔六〕沈宋曹刘：指沈佺期、宋之问、曹植，刘桢。

〔七〕“后来”句：陈从易偶得旧本杜集，其《送蔡希鲁都尉还陇右因寄高三十五书记》诗中“身轻一鸟过”脱“过”字，从易与数客各用一字补之，皆非是。后得一善本，乃是“过”字。从易叹服，以为虽一字亦非人所能到也。作诗苦：李白逸诗：“为问因何太瘦生，只为从来作诗苦。”即嘲杜甫之作。白与甫为至交，当不至此，一向疑为他人所伪托。

【说明】

杜甫诗云：“应须美酒送生涯。”（《江畔独步寻花》）系在成都所作。甫避安史之乱，逃至成都，生活贫困，国忧家难，丛集其身，故每以饮酒自遣。此诗即以其在成都片断生活为题材，突出饮酒作诗二事，以见其穷愁之状。画为无声诗，诗为无声画，览画读诗，杜甫之为人见矣，俱写生妙手也。

春日有怀

风高收雨急， 日薄过窗微。

梅蕊初迎腊， 春溪欲染衣。

形容今日是，　游衍昔人非。〔一〕
节物关愁绪，　归鸿正北飞。〔二〕

【注释】

〔一〕形容：指风物。游衍：游乐之意。《诗·板》：“及尔游衍。”

〔二〕归鸿：鸿雁候鸟，春暖北飞。

【说明】

前四句写初春景色，“急”“微”“迎”“染”四字，最为活脱，富有生气。后四句言节物犹昔，观众已非。盖是时中原沦丧，只见鸿雁北飞，而人不得归矣。触景生情，不胜故国之思。

绝句

君心恨不走天涯，　不比衰翁只恋家。〔一〕
最是横塘黄叶路，　今年无伴折梅花。〔二〕

【注释】

〔一〕君：未详指谁。衰翁：作者自称。

〔二〕横塘：地名。不知是否指今南京市西南之横塘。

【说明】

此诗惜朋友之远别，无人同游横塘，赏折黄花，不胜寂寞之感。

王直方

王直方（1069—1109），字立之，宋汴京人，喜从苏黄游。家有园池，当时诸名士多宴饮其中。尝以假承奉郎监怀州酒税，寻易冀州粜官，亦仅累月，投劾而归。自此遂不复出，处小园中，笑傲自适，命其园中之堂曰“赋归”，亭曰“顿有”，以见其志。有《归叟集》。

上巳游金明池〔一〕

游丝堕絮惹行人，　酒肆歌楼驻画轮。
凤管遏回云冉冉，　龙舟冲破浪粼粼。〔二〕
日斜黄伞归驰道，　风约青帘认别津。〔三〕
朝野欢娱真有象，　壶中要看四时春。〔四〕

【注释】

〔一〕上巳：农历三月上旬之巳日，古人于此日修禊。金明池：汴京池名。

〔二〕“凤管”句：意谓响遏行云。凤管，凤笙。冉冉，行貌。粼粼：清水波纹。

〔三〕黄伞：天子车上所张之伞。驰道：天子车行之道。帘：酒家帘子，亦称望子。

〔四〕有象：谓太平有象。壶中：古有仙人壶公，卖药罢，跳入壶中。

【说明】

诗写上巳节金明池游乐之盛况，自天子至于庶人，共同欢娱，呈现一片升平气象，如生活在神仙境界中矣。描写节日热闹气氛，如在目前。

腊梅

纷纷红紫虽无韵，　映带园林正要渠。〔一〕

谁遣一枝香最胜，　故应有客问何如。

【注释】

〔一〕渠：指腊梅。

【说明】

《苕溪渔隐丛话》载“《王直方诗话》云：‘腊梅，山谷初见之，作二绝……缘此腊梅盛于京师，然交游间亦有不喜之者，余尝为作解嘲。’”盖谓腊梅虽不为人所喜，然有一枝花最香，客多有问之者，又何尝寂寞哉？此作者所为解嘲也。

善　权

善权字巽中，宋靖安人，本姓高氏，祝发为僧。貌清癯，有“瘦权”之目。落魄嗜酒，诗与祖可相上下，尤为惠洪所称，至云其诗渊源于东坡、山谷，“豪特之气凌跨前辈”。有《真隐集》。

山中秋夜怀王性之〔一〕

风雨一叶秋，　北窗夜初永。〔二〕
候虫鸣空阶，　蝙蝠挂藻井。〔三〕
龛灯照痴坐，　苔壁印孤影。
试观鼻端白，　粗了虚幻境。〔四〕
万事皆浮休，　百年政俄顷。〔五〕
学诗寒山子，　造语少机警。〔六〕
故人王文度，　襟韵独秀整。〔七〕
间蒙吐佳句，　惠好灼衰冷。〔八〕
何当翳华芝，　飞步越林岭。〔九〕
携手斸荆薪，　欢言馔汤饼。〔一〇〕
长啸凌紫烟，　同升妙峰顶。〔一一〕

【注释】

〔一〕王性之：王铚字性之，汝阴人。

〔二〕一叶秋：谓一叶落而知天下秋。

〔三〕藻井：天花板。

〔四〕鼻端白：《楞严经》："世尊教我及俱絺罗观鼻端白，我初谛观，经三七日，见鼻中气出入如烟……烟相渐消，鼻息成白，心开漏尽，诸出入息，化为光明，照十方界，得阿罗汉。"盖言参禅之功效也。虚幻境：释氏谓四大皆空，故曰虚幻境。

〔五〕浮休：《庄子·刻意》："其生若浮，其死若休。"谓视生甚轻，视死如休息之极为平常。

〔六〕寒山子：唐高僧名，能诗。此作者自比。

〔七〕王文度：晋王坦之字文度。此以比王性之。

〔八〕"间蒙"句：山谷诗："时蒙吐佳句。"

〔九〕何当：何时。翳：蔽也，遮也。华芝：同华盖。

〔一〇〕剟（duō）：割取。汤饼：煮面。

〔一一〕妙峰：峰名，不详所在。

【说明】

诗分两层：一层写山中秋夜光景与作者自己心境；二层写王性之惠诗与携手同游之愿望，孤寂之境，怀想之情，形容尽致，宛然纸上。

送墨梅与王性之二首

道人笔下有春色，　写出江南雪压枝。〔一〕

千里持来烦驿使，　暗香不减陇头时。〔二〕

眼底春光回陇首，　雪中疏影落平湖。〔三〕
政须送与王摩诘，　对看辋川烟雨图。〔四〕

【注释】

〔一〕道人：指作画者，不知为谁。春色：指墨梅。雪：指梅花，其色白。

〔二〕“千里”二句：陆凯与范晔相善，自江南寄梅花一枝，诣长安与晔，并赠诗曰：“折花逢驿使，寄与陇头人。江南无所有，聊赠一枝春。”此借用其意。暗香，林和靖咏梅诗：“暗香浮动月黄昏。”王安石亦有“遥知不是雪，为有暗香来”之句。“暗香”句意，谓梅寄到陇头，暗香不减初折时。

〔三〕春光：指墨梅。陇首：陇头，见上注〔二〕。疏影：林和靖咏梅诗：“疏影横斜水清浅。”

〔四〕王摩诘：王维字摩诘，此喻指王性之。辋川烟雨图：王维有《辋川图》。

【说明】

第一首写墨梅为道人画以相赠者。第二首写将此画转赠王性之。两诗皆不出梅字，而梅之精神溢于字里行间，下首以《辋川图》相映衬，更见墨梅画品之高。

高　荷

高荷字子勉，宋荆南人，自号还还先生。元祐太学生，晚为童贯客，得兰州通判以终。受知于山谷，山谷称其“作诗以杜子美为标准”，极赏其“蜀天何处尽，巴月几回弯”之句，遂知名于时。顾以尝为童贯客，故不为时论所与，其诗亦不复传云。

赋国香

南溪太史还朝晚，　息驾江陵颇从款。〔一〕
彩毫曾咏水仙花，　可惜国香天不管。〔二〕
将花托意为罗敷，　十七未有十五余。〔三〕
宋玉门墙纡贵从，　蓝桥庭户怪贫居。〔四〕
十年目色遥成处，　公更不来天上去。〔五〕
已嫁邻姬窈窕姿，　空传墨客殷勤句。〔六〕
闻道离鸾别鹤悲，　稿砧无赖鬻蛾眉。〔七〕
桃花结子风吹后，　巫峡行云梦足时。〔八〕
田郎好事知渠久，　酬赠明珠同石友。〔九〕

憔悴犹疑洛浦妃，风流固可章台柳。〔一〇〕
宝髻犀梳金凤翘，樽前初识董娇娆。〔一一〕
来迟杜牧应须恨，愁杀苏州也合销。〔一二〕
却把水仙花说似，猛省西家黄学士。〔一三〕
乃能知妾妾当时，悔不书空作黄字。〔一四〕
王子初闻话此详，索诗裁与谩凄凉。〔一五〕
只今驱豆无方法，徒使田郎号国香。〔一六〕

【注释】

〔一〕南溪：戎州，今四川宜宾。太史：指山谷，山谷曾为《神宗实录》检讨官。息驾：歇脚。江陵：今湖北荆州。从款：谓己与山谷相从款洽。

〔二〕“彩毫”二句：上句指山谷《次韵中玉水仙花》。下句为山谷诗中语。

〔三〕罗敷：汉乐府《陌上桑》云：“秦氏有好女，自名为罗敷。”后遂以为美女之称。此指国香。

〔四〕“宋玉”句：言贵人纡尊来访。宋玉，喻指山谷。蓝桥：地名，在蓝田县境，唐《传奇》中裴航遇云英于此。

〔五〕目成：女子心许以目示意曰目成。

〔六〕邻姬：指国香。墨客：指山谷。

〔七〕离鸾别鹤：喻人之失偶，此言国香之被鬻。稿砧：指丈夫。《古乐府》：“稿砧今何在？山上复有山。”古有罪者，席稿卧于砧上，以𫓧斩之。“𫓧”与“夫”同音，故隐语稿砧为夫也。蛾眉：蛾为娥之借字，娥，美也，娥眉为女子代称。

〔八〕巫峡：地名。行云：宋玉《高唐赋》称楚王与巫山之女相遇，女自谓“旦为行云，暮为行雨”。

〔九〕田郎：吴曾《能改斋漫录》所谓田氏。国香，田氏侍儿。“酬赠”句：谓田氏出国香侑酒。明珠：指国香。石友：高荷自指。

〔一〇〕洛浦妃：指宓妃、洛水之神。章台柳：《太平广记》称妓柳氏配于韩翃，未几，翃从辟淄青，置柳都下，岁余，寄以词曰“章台柳，章台柳”云云。

〔一一〕金凤翘：妇人首饰。董娇娆：古美女，古乐府有《董娇娆曲》。

〔一二〕来迟：杜牧游湖州，识一民间女，相约十年来娶，后十四年，牧为湖州刺史，女已嫁人生子，牧为作诗，有“绿叶成阴子满枝”之句，以寄后悔之意。愁杀苏州：扬州大司马杜鸿渐，为苏州刺史开宴，命妓侍酒，刘禹锡有诗云：“司空见惯浑闲事，断尽苏州刺史肠。”销：谓销魂，即断肠之意。

〔一三〕黄学士：指山谷。

〔一四〕书空：以手在空中划字。《世说新语》称殷浩被废，常终日书空，作“咄咄怪事”四字。此处“作黄字”盖谓念念不忘黄学士也。

〔一五〕王子：谓王性之。

〔一六〕驱豆：道家有驱豆使人复生之术。

【说明】

吴曾《能改斋漫录》云：“国香，荆渚田氏侍儿名也。黄太史自南溪召为吏部副郎，留荆州，乞守当涂，待报。所居即此女子邻也，太史偶见之，以谓幽闲姝美，目所未睹。后其家以嫁下俚贫民，因赋此诗（按谓《次韵中玉水仙花》）以寓意，俾予和之。后数年，太史卒于岭表。当时宾客云散，此女既生二子矣，会荆南岁荒，其夫鬻之田氏家。田氏一日邀予置酒，出之，掩抑困悴，无复故态。坐间话当时事，相与感叹，予请名曰国香，以成太史之志。政和三年春，京师会表弟汝阴王性之问太史诗中本意，因道其详，乃为赋之。”高序记此事甚详，并咏之以诗。诗分四层：一层写山谷识国香于未嫁时，既乃嫁作贫民妇，因赋诗寓意；二层写国香被鬻于田氏，作者宴田氏家，于席间见之，风韵犹存，动人情思；三层写作者以山谷为国香赋诗之事告国香，国香为之懊悔不置；四层写此诗之所由作。自有高荷之诗与序，此一段韵事遂流行于士林矣。

吕本中

吕本中（1084—1145），字居仁，宋寿州人。幼敏悟，为曾祖公著所爱。以公著遗表恩授承务郎。绍兴中赐进士出身，擢起居舍人，兼权中书舍人，迁侍讲，兼权直学士院。赵鼎迁仆射，本中草制，力排和戎之议，触怒秦桧，桧风御史萧振劾罢之。提举太平观，卒。

居仁诗法出于黄山谷，作《江西诗社宗派图》，列陈师道以下二十五人，而以已殿其末。敖陶孙《诗评》称其诗如散圣安禅，自能奇逸。有《东莱诗集》。

王文孺臞庵〔一〕

伊洛富山水，家有五亩园。〔二〕
花竹绕瀍涧，不让桃花源。〔三〕
清时足真赏，户户开层轩。
一朝胡尘暗，故家希复存。〔四〕
莽苍走万里，始及吴市门。〔五〕
庵庐据形胜，冰壶贮乾坤。〔六〕

亭榭著仍稳，　不见斧凿痕。
主人更超迈，　云梦八九吞。〔七〕
植杖邀我坐，　笑语清而温。〔八〕
坐令车马客，　稍识山林尊。
十年老朝市，　渐见两目昏。〔九〕
求田与问舍，　始置不复论。〔一〇〕
但愿从我公，　不使世谛浑。〔一一〕

【注释】

〔一〕王文孺：其人未详。

〔二〕伊洛：二水名。

〔三〕瀍涧（chán jiàn）：二水名。

〔四〕胡尘：指金人侵略，所至昏乱。故家：勋旧世家。

〔五〕莽苍：本为郊野之色，此作仓皇解。吴市：今苏州市。

〔六〕庵庐：指臞（qú）庵。

〔七〕“云梦”句：云梦，泽名。司马相如《子虚赋》：“吞若云梦者八九，于其胸中曾不蒂芥。”

〔八〕植杖：倚杖。

〔九〕朝市：朝廷与市肆。古有“争名于朝，争利于市”之语，后因以朝市指名利之场。

〔一〇〕求田与问舍：言唯知置产业，无远大志向。

〔一一〕世谛：世俗所知之真理，共认为真实不谬者。

【说明】

诗从伊洛风物之美，居其地者享太平之乐事写起，然后写金兵之乱，王文孺以故家而南迁吴门，其所居臞庵，亦据形胜之地；再写文孺之为人与见待之情，表示自己愿摆落尘缘而从之游。

杨道孚墨竹歌〔一〕

君不见渭川之阴卧龙横千秋，
貌取者谁文湖州。〔二〕
十年笔意闭黄壤，　只今妙手唯杨侯。〔三〕
杨侯画竹尽真迹，　巧夺造化令人愁。〔四〕
满堂回首看下笔，　扰扰云烟乱晴日。
大丛纵横高入云，　斜风落叶秋纷纷。
小丛欹倾病无力，　旁水长根走苍石。
门前车马汗成川，　何得阴风动高壁。
杨侯嘻笑辞未工，　此意不与丹青同。〔五〕
粉黛初无一钱费，　酒炙能使千家空。
袜材远寄动盈屋，　我知子画无由穷。〔六〕
剡溪寒藤不难致，　须君放手为双丛。〔七〕
须君放手为双丛，　与我俱隐南山中。

【注释】

〔一〕杨道孚：张耒外甥，其他未详。

〔二〕渭川：《史记·货殖列传》："渭川千亩竹……此其人皆与千户侯等。"卧龙：指竹。貌取：画取。文湖州：文同尝为湖州太守，工画竹。

〔三〕黄壤：黄泉。

〔四〕造化：指天，古人以为万物天所生。

〔五〕丹青：作画所用颜料，此指作画。

〔六〕袜材：东坡《文与可画竹记》："与可画竹，初不自贵重，四方之人持缣素而请者，足相蹑于其门。与可厌之，投诸地而骂曰：'吾将以为袜。'……余为徐州，与可以书遗余曰：'近语士大夫，吾墨竹一派近在彭城，可往求之，袜材当萃于子矣。'"

〔七〕剡溪寒藤：谓纸也。剡溪以藤造纸，故称纸为剡藤。

【说明】

诗写文与可工画竹，惜其人已死，笔意一时无传者。今杨侯间出，乃足以继之。接写杨侯画竹巧夺造化，大丛小丛各有神态，求者踵至。最后以乞作双丛收篇。画竹固逼真，诗亦得竹之神，堪称双绝。

兵乱后自嬉杂诗二十九首（选三）

晚逢戎马际，处处聚兵时。
后死翻为累，偷生未有期。〔一〕
积忧全少睡，经劫抱长饥。
欲逐范仔辈，同盟起义师。〔二〕

【注释】

〔一〕偷生：苟且求生。全句谓欲苟活而无期，言随时有死之可能。与上句合看，言既以不死为累，又虑生不得长，人遭逢兵乱之际，往往有此矛盾心理。

〔二〕范仔：义军首领。作者自注："近闻河北布衣范仔起义师。"

【说明】

此诗作于金人掳宋徽、钦二宗北去，自动退师之时。诗写汴京惨遭敌人铁蹄蹂躏，里社为墟，作者亦艰苦备尝，生死为难，而激于义愤，欲参加范仔义师，为国赴难。乱离情景，沉痛心肠，读之酸鼻。

羽檄连朝暮，　戎旃匝迩遐。〔一〕
未教知死所，　讵敢作生涯。〔二〕
东郭同逃户，　四郊类破家。
萍蓬无定迹，　屡欲过三巴。〔三〕

【注释】

〔一〕羽檄：檄，文书之一种，有急事，则插上羽毛，曰羽檄。戎旃（zhān）：军旗。

〔二〕生涯：生计。

〔三〕萍蓬：萍随水而飘流，蓬随风而乱飞，皆无定之物。三巴：指巴郡、巴东、巴西，皆在四川。

【说明】

此诗写兵荒马乱，生命堪虞。汴京地方，人亡家破，一片荒凉。为避难计，欲逃往三巴。其恨敌之情概可见矣。

蜗舍嗟芜没，孤城乱定初。〔一〕
篱根留敝履，屋角得残书。〔二〕
云路惭高鸟，渊潜羡巨鱼。〔三〕
客来缺佳致，亲为摘山蔬。〔四〕

【注释】

〔一〕蜗舍：小屋。

〔二〕敝履：破鞋。残书：残破不完之书。

〔三〕“云路”二句：陶渊明《始作镇军参军经曲阿作》：“望云惭高鸟，临水愧游鱼。”为此二句所本。

〔四〕“亲为”句：化用杜甫《有客》：“自锄稀菜甲，小摘为情亲。”

【说明】

此诗写金兵退出汴京后一片残破景象，从小处下笔，愈见得金兵蹂躏之甚。自伤不如鸟之高飞戾天，鱼之深潜于渊，虽有客来问劳，亦无佳肴相待也。陈三立《癸丑由沪还金陵散原别墅杂诗》云：“猫犬饥不还，帙落干死鱼。纸堆弃遗札，略辨谁某书。”写法与此诗三、四句相同，亦从小中见大。

送常子正赴召二首〔一〕（选一）

属者居闲久，今来促召频。〔二〕
但能消党论，便足扫胡尘。〔三〕

众水同归海，　殊途必问津。〔四〕
如何彼黠虏，　敢谓汉无人。〔五〕

【注释】

〔一〕常子正：常同字子正，绍兴三年（1133），从柳州守召还，此诗即送其赴召之作。

〔二〕属者：近日。

〔三〕“但能”二句：常同被召还朝，论朋党招致夷虏之祸，务须破除，使邪正分明，则外患弭矣。

〔四〕“众水”二句：言朝臣一心为国，如众水之归于海，何有门户之见，党同伐异乎？

〔五〕黠虏：狡猾敌人，此指金国。汉：此指宋朝。

【说明】

北宋末年，朋党误国，金人乘机南犯，致遭靖康之难。南渡以后，党争未息，故常子正还朝，首论及此。作者特为拈出，痛切言之。此纪昀所谓“切中当时之弊”也。果能同心同德，一致对敌，金人自不敢轻启衅端矣。

徐师川挽诗三首〔一〕（选一）

江西人物胜，　初未减前贤。〔二〕
公独为举首，　人谁敢比肩？〔三〕
时虽在廊庙，　终亦返林泉。〔四〕
今日西州路，　临风更泫然。〔五〕

【注释】

〔一〕徐师川：见前本人小传。

〔二〕江西：大江之西，亦即江右，今之江西省，正当其地。

〔三〕举首：徐师川膺江西首荐，得赐进士出身。

〔四〕廊庙：朝廷。

〔五〕西州路：晋太元十年（385），谢安还都，舆入西州门。安病卒后，所知羊昙行不由西州路。尝大醉，不觉至州门，因恸哭而去。

【说明】

诗前四句推徐师川之才学，为江西人物之冠冕。后四句写师川早列朝端，后归隐，今其云亡，不胜知己之痛。

春日即事二首〔一〕（选一）

病起多情白日迟，　强来庭下探花期。〔二〕
雪消池馆初春后，　人倚阑干欲暮时。
乱蝶狂蜂俱有意，　菟葵燕麦自无知。〔三〕
池边垂柳腰支活，　折尽长条为寄谁。〔四〕

【注释】

〔一〕即事：当前事物。

〔二〕花期：花开消息。

〔三〕菟葵燕麦：两种植物名。

〔四〕腰支：此以人之腰肢比况垂柳，言其纤柔。

【说明】

诗上半写初春病起探花，下半写初春景色，动植物皆欣欣向荣，欲折柳而无可赠者，正叹其孤独也。

春晚郊居

柳外楼高绿半遮，伤心春色在天涯。〔一〕
低迷帘幕家家雨，淡荡园林处处花。〔二〕
檐影已飞新社燕，水痕初没去年沙。〔三〕
地偏长者无车辙，扫地从教草径斜。〔四〕

【注释】

〔一〕“伤心”句：言身在天涯，当此春光淡荡，风景如画，亦感到心伤，与元遗山“萧萧春色是他乡”同意。

〔二〕低迷：模糊。淡荡：和舒。

〔三〕社燕：燕子来以春社，去以秋社，故称社燕。

〔四〕“地偏”句：反用《史记》载陈平“门外多有长者车辙”，而与陶渊明“穷巷隔深辙，颇回故人车”意略同而词不同。

【说明】

一、二句写客中郊居，三、四句写暮春风物，五、六句补足三、四句，七、八句补足一、二句。虽无人来访，作者亦自得其乐矣。笔墨流畅，足移人情。

柳州开元寺夏雨〔一〕

风雨翛翛似晚秋，　鸦归门掩伴僧幽。〔二〕

云深不见千岩秀，　水涨初闻万壑流。

钟唤梦回空怅望，　人传书至竟沉浮。〔三〕

面如田字非吾相，　莫羡班超封列侯。〔四〕

【注释】

〔一〕柳州：地名，在今广西。

〔二〕翛（xiāo）：萧寂，凄清。

〔三〕沉浮：晋殷洪乔出为豫章太守，将人托其所带书信，尽投入水中，曰："沉者自沉，浮者自浮，殷洪乔不为致书邮。"

〔四〕面如田字：南朝宋李安民面方如田，宋明帝称之为封侯状。班超封列侯：相者指班超谓曰："燕颔虎颈，飞而食肉，此万里侯相也。"

【说明】

夏雨倾盆，一凉似秋，不见千岩竞秀，但听万壑争流，运用古语，恰到好处。作者睡眠正酣，忽从钟声中惊醒，感到寂寞，朋友未有以书见及者。然已甘于贫居，不作富贵想矣。

西归舟中怀通泰诸君〔一〕

一双一只路旁堠，　乍有乍无天际星。〔二〕

乱叶入船侵破衲，　疾风吹水拥枯萍。〔三〕

山林何谢难方驾，　诗语曹刘可乞灵。〔四〕
酒碗茶瓯俱不厌，　为公醉倒为公醒。

【注释】

〔一〕通泰：指通州、泰州，作者曾官于此。

〔二〕堠：设置在路旁以记里程之土堆。本句用韩愈诗：“堆堆路傍堠，一双复一只。”“乍有”句：用杜甫诗：“稀星乍有无。”

〔三〕衲：衣之用各种布连缀而成者。

〔四〕“山林”句：言何长瑜、谢灵运常共为山泽之游，今我与通泰诸君离居，难与之并比也。正写“怀”字。“诗语”句：言诗语可乞灵于曹、刘乎？乃自觉难及之意。

【说明】

诗写舟行情景，描绘尽致，可惜诸君不能共赏。而自己拙于诗笔，又难以道出，因之益增怀友之情，何时可得酒茗相对？

雨后至城外

日日思归未就归，　只今行露已沾衣。〔一〕
江村过雨蓬麻乱，　野水连天鹳鹤飞。
尘务却嫌经意少，　故人新更得书稀。
鹿门纵隐犹多事，　苦向人前说是非。〔二〕

【注释】

〔一〕“日日”句：韩愈诗：“终日思归此日归。”此反其意而用之。行露：路上露水。

〔二〕鹿门：山名，在湖北襄阳，隐者所居。作者借以自称，非实处其地也。

【说明】

诗前半写旅居中雨后城外所见景象，三、四句扣紧“过雨”加以描绘，句句欲活。下半写自己生活，尘务殊少，然虽在隐居之中，犹有是非观念，盖不满意于朋友之无书信也。纪昀曰：“三、四清远，七、八沉着，此居仁最雅洁之作。”斯诚然矣。

暑夕乍凉二绝（选一）

暮蝉萧瑟下斜阳，　已似茅檐气味长。〔一〕

团扇未须忧弃置，　竹枝犹可助清凉。〔二〕

【注释】

〔一〕萧瑟：凄清之声。

〔二〕团扇：扇之一种，其形圆。班婕妤《怨诗》：“常恐秋节至，凉飙夺炎热。弃捐箧笥中，恩情中道绝。”

【说明】

暑夕乍凉，气候清爽，故觉味长。但气温旋当回升，团扇固未须弃置，兼有竹枝可助清凉，炎暑亦无如我何也。

对菊

稚子寻花莫漫狂， 已知衰疾负重阳。〔一〕
新霜有意留青蕊， 更放残枝十月黄。

【注释】

〔一〕稚子：小孩。

【说明】

重阳是菊花盛开之时，因病错过重阳，有负黄花。但似天公见怜者，新霜既降，残枝犹有青蕊，至十月才烂漫放花，使诗人得以尽情赏玩，无后时之叹也。

秦处度与一上人同宿密庵，处度为一画断崖枯木〔一〕

小庵无客亦无毡， 遂有高人借榻眠。〔二〕
一夜西风撼枯柳， 不知春在石崖边。

【注释】

〔一〕秦处度：秦湛，字处度，观之子。一上人：上人，高僧之称，一者其名也。密庵：当是一上人居室之名。

〔二〕高人：指秦处度。

【说明】

秦处度借宿密庵，为一上人作画，虽时已秋令，而春尚留在所画景物之上。立意清新，语短味长。

连州阳山归路三绝[一]（选一）

稍离烟瘴近湘潭，疾病衰颓已不堪。[二]
儿女不知来避地，强言风物胜江南。

【注释】

〔一〕连州阳山：连州，州名，阳山为其辖县。

〔二〕烟瘴：山间瘴气，岭南多有之。

【说明】

吕居仁以疾病衰颓之身，避地南来，无心观赏风物。而小儿女天真烂漫，不识乡愁，却以为风物胜似江南。对比之下，愈见乱离之愁苦。

题范才元画轴后[一]

昔年同过岭南州，曾见湘江万里流。
妙手可传诗外意，乱云寒木更孤舟。

【注释】

〔一〕范才元：其人未详。

【说明】

画以乱云、寒木、孤舟为背景，因题画而忆及往年偕同范才元过岭南，泛舟湘江时情景，与画相似。写逼真之意，极为别致。非诗所能为力，画之妙处益见。

曾　幾

曾幾（1084—1166），字吉甫，宋赣县人，徙居河南。以兄弼恤恩，授将仕郎，试吏部优等，赐上舍出身，授校书郎，累官江西、浙西提刑，忤秦桧去位。侨居上饶茶山寺，自号茶山居士。桧死，召为秘书少监，权礼部侍郎。

陆游称幾诗“以杜甫、黄庭坚为宗”。幾又尝请教于韩子苍，故《诗人玉屑》谓“茶山之学出于韩子苍”，而子苍之诗，其格法盖近于黄也。

幾之学传于陆游。游跋其奏议稿，称茶山“聚族百口，未尝以为忧，忧国而已”。其爱国之切如此，故发于文章，具有根柢，不当仅以诗人目之也。有《茶山集》。

明秀堂松堂在柳州路内

柳侯所为邦，　十步一遗迹。〔一〕
苍官列前墀，　相对俨如客。〔二〕
邦人言此松，　曾及侍侯侧。
风号四百年，　雪立二千尺。〔三〕

江城闲草木，诗卷多采摘。
柑非往日黄，柳是近时碧。
同生不同死，乃是老气格。〔四〕
尚想哦其间，清声出金石。〔五〕
龙鳞未脱落，熊轼几换易。〔六〕
临民有余师，视此古遗直。〔七〕

【注释】

〔一〕柳侯：指柳宗元，曾任柳州刺史。

〔二〕苍官：指松。墀（chí）：阶。

〔三〕“风号”二句：言经受四百年风雪，松犹挺立二千尺。二千尺，摘杜甫《古柏行》“黛色参天二千尺”句中字。

〔四〕老气格：指松之姿态。山谷诗：“骨气乃有老松格。”

〔五〕金石：指钟磬之类，其声清亮。

〔六〕龙鳞：状松树皮。熊轼：车前横轼为伏熊之形，此代车，刺史所乘。

〔七〕临民：治民。遗直：有古人直道而行之遗风。《左传》记孔子之言曰：“叔向，古之遗直也。”

【说明】

此诗咏松，为凭吊柳宗元而作。因见宗元遗迹，而念及其当日松间吟哦，临民之善政，深表崇敬之心情。

言怀贻寓居

郊居麦风凉，佛屋梅雨润。
蔡帘一炷香，隐几百念尽。〔一〕
时从黄卷语，坐看青灯烬。〔二〕
昏昏花乱眼，种种雪侵鬓。〔三〕
怀哉佳友朋，久矣缺亲近。
其谁破愁寂？令我生鄙吝。〔四〕
及闲当过君，请以茗碗进。
言诗固不能，把酒亦无分。

【注释】

〔一〕隐几：倚几。

〔二〕黄卷：指书，古人书用黄纸，可以防蠹。烬：灯燃烧后所余部分。

〔三〕种种：发短。

〔四〕鄙吝：庸俗吝啬，计较得失。

【说明】

此诗分两层：第一层写幽居情事，在麦风梅雨中焚香而坐，百念俱消，一盏青灯，黄卷相对，盖不胜孤寂之感；第二层写怀念友朋，欲乘闲相过，无庸言诗把酒，但有清茶一瓯可也。多对偶句，但觉出之自然，用笔亦淡雅有致。

东轩小室即事五首（选一）

烹茗破睡境，炷香玩诗编。〔一〕
问诗谁所作？其人久沉泉。〔二〕
工部百世祖，涪翁一灯传。〔三〕
闲无用心处，参此如参禅。〔四〕

【注释】

〔一〕茗：晚取之茶。

〔二〕沉泉：埋在地下，言已死也。

〔三〕工部：杜甫尝为检校工部员外郎。涪翁：山谷尝为涪州别驾，故有此称。灯：释氏谓佛法能破众生之昏暗，故以灯譬之。

〔四〕参禅：佛家语，谓于禅定中参究佛理。宋人每以学诗比之参禅。

【说明】

诗写睡起之后，烹茗炷香，读杜子美、黄山谷二人之诗，谓山谷诗得法乳于杜，作者于此深表仰止之意。

松风亭四首（选一）

幾得乔松十余，四合而中空，其下可坐，故名之云。

有客过茅宇，煮茶坐松风。
问亭果安在，笑指十八公。〔一〕

君看梁与栋，　岂不深且雄。
何必用斤斧，　然后成帲幪。〔二〕

【注释】

〔一〕十八公：合为“松”字。

〔二〕帲幪（píng méng）：盖覆。

【说明】

亭非实有，而以松之四合而中空者名之，其为用与亭同，而栋梁之材与帲幪之具皆取之于现成，于此煮茶待客，何等别致。亭奇而诗亦奇，千古奇作。

立春

十载东都客，　春盘种种春。〔一〕
翠看蔬甲小，　黄爱韭苗新。
流落成吾老，　萧疏对此辰。〔二〕
睦邻如有使，　传语大梁人。〔三〕

【注释】

〔一〕东都：汴京。春盘：立春日唐人作春饼生菜，号春盘。宋人亦有此风俗。东坡《元日过丹阳，明日立春，寄鲁元翰》云：“堆盘红缕细茵陈。”即咏此也。春：指春菜，春盘中所置者，即三、四句所谓蔬甲、韭苗也。

〔二〕萧疏：孤寂，冷淡。

〔三〕睦邻使：当时宋与金已订立和约，常有使者互相往来。大梁人：指汴京遗民。

【说明】

诗上半写过去在东都作客十年所见当地立春之风俗，下半写流落生活。欲托睦邻使将己之情况转告汴京相识者。家国之痛，见于言外。

仲夏细雨

霡霂无人见，　芭蕉报客闻。〔一〕
润能添砚滴，　细欲乱炉薰。〔二〕
竹树惊秋半，　衾裯惬夜分。〔三〕
何当一倾倒，　趁取未归云。〔四〕

【注释】

〔一〕霡霂（mài mù）：小雨。客：作者自指。

〔二〕炉薰：炉中烧香，故散发香气。

〔三〕衾裯：被帐。夜分：夜半。

〔四〕何当：何时。倾倒：言雨倾倒而下，大雨也。

【说明】

诗从各种形态写细雨，已摄取其神。雨下，凉意似秋，作者于睡眠中感到衾裯爽惬人意。但他不仅顾及自己，还为大众着想，希望天下大雨，使农作物易于生长，此意自在不言中。

郡中迎怀玉山应真请雨，得之未沾足〔一〕

悯雨连三日，　为霖抵百金。〔二〕
小垂开士手，　足慰老农心。〔三〕
果欲千仓积，　犹须一尺深。
病夫浑不寝，　危坐听佳音。〔四〕

【注释】

〔一〕郡：指信州，即今上饶。时作者寓居于此。怀玉山：玉山，在江西玉山县境。应真：阿罗汉，佛家对修行得道者之称。

〔二〕悯雨：念雨。霖：久雨。

〔三〕开士：谓菩萨也。此指应真。

〔四〕危坐：端坐。佳音：指雨声。

【说明】

诗上半写向应真求雨。下半写得雨未足，犹须大雨。作者望岁心切，危坐以待，此仁者之用心也。

病中闻莺啼

独园森古木，　其下客幽栖。〔一〕
尽日绿阴合，　有时黄鸟啼。〔二〕
一声添昼寂，　百啭使人迷。〔三〕
赖汝生佳听，　身今气惨凄。〔四〕

【注释】

〔一〕独园：祇树给孤独园之简称，指佛氏精舍。客：作者自称。

〔二〕“尽日”二句，从杜甫“两边山木合，终日子规啼”化出。

〔三〕“一声”句：与“鸟鸣山更幽”同一写法。迷：谓沉迷其中，极写莺声之悦耳。

〔四〕惨凄：惨痛凄怆，谓在病中。杜诗：“日瘦气惨凄。”

【说明】

诗上半写莺啼于作者寓居精舍之老树上，下半写莺啼之迷人，而自己正在病中，须赖此以为娱。

种竹

近郊蕃竹树，　手种满庭隅。〔一〕

余子不足数，　此君何可无？〔二〕

风来当一笑，　雪压要相扶。〔三〕

莫作封侯想，　生来鄙木奴。〔四〕

【注释】

〔一〕蕃（fán）：繁殖。

〔二〕“余子”句：祢衡常称：“大儿孔文举，小儿杨德祖，余子碌碌，莫足数也。”（见《后汉书·祢衡传》）此君：晋王子猷爱竹，尝对人指竹曰：“何可一日无此君？”后遂以“此君”为竹之代称。

〔三〕“风来”句：查初白谓“笑”疑当作“啸”，引东坡“风来竹自啸”为证。予按“笑”亦通，意谓风吹竹动，有如发笑也。“雪压”句：意谓雪下压竹，彼此相扶，曲尽物态，此用拟人化手法也。

〔四〕封侯想：《史记·货殖列传》：“渭川千亩竹……此其人皆与千户侯等。”木奴：三国吴李衡于宅边种橘千头，称之曰“木奴”。后遂以木奴代橘。末句从奴字取意。

【说明】

此诗写竹之高洁，“风来”“雪压”一联，观察入微，曲尽竹态，立意甚新。末借竹表现作者人品之高。是极用意之作。

初还信州呈寓居诸公

万事不称意， 一生长损心。〔一〕
稍知闲有味， 又觉老相侵。
田舍那能问， 溪山未暇寻。〔二〕
清歌一杯酒， 聊与故人斟。

【注释】

〔一〕称意：如意，适意。损心：伤心。

〔二〕“田舍”句：刘备尝以“求田问舍”面讥许汜，谓其无远志也。此但借用其词语，而以表示自己不营生业之意。

【说明】

此诗自写闲居心情，回顾一生，既无可惬心遂意者；近来又入老境，他无所事，唯思与故人从容歌酒间尔。

挽李泰发参政三首〔一〕（选一）

汉室推元礼，　唐家得卫公。〔二〕
龙门倾后辈，　鲸海伏孤忠。
守护多神物，　旋归一老翁。〔三〕
如何九江路，　万事并成空。〔四〕

【注释】

〔一〕李泰发：李光字泰发，绍兴间官至参知政事，因忤秦桧被谪，安置藤州，后移琼州昌化。桧死，北还。

〔二〕“汉室”二句：李膺，字元礼，东汉人，有重望。卫公，指李德裕，唐武宗时，任宰相六年，弭藩镇之祸，有大功，封卫国公。宣宗时，为忌者所构陷，贬死崖州。二人皆以比李泰发，既切合其姓，又同为高节之士。

〔三〕老翁：指李泰发。

〔四〕九江路：李泰发自贬所北还，至九江而卒。

【说明】

此诗于李泰发推崇备至，至以李膺、李德裕比之。秦桧本欲置之死地，而终得北归，殆有神物护之者。唯北归至九江而卒，斯最为可悲耳。叙哀之词，声泪俱下。

苏秀道中自七月二十五日夜大雨三日，秋苗以苏，喜而有作〔一〕

一夕骄阳转作霖，梦回凉冷润衣襟。〔二〕
不愁屋漏床床湿，且喜溪流岸岸深。〔三〕
千里稻花应秀色，五更桐叶最佳音。
无田似我犹欣舞，何况田间望岁心。〔四〕

【注释】

〔一〕苏秀：苏州、秀州。

〔二〕骄阳：炎日。

〔三〕“不愁”二句：上句化用杜甫“床头屋漏无干处”，下句化用杜甫“春流岸岸深”。

〔四〕望岁：盼望丰年。

【说明】

闻雨而喜，从桐叶传来雨声，听之无倦，五更未眠，足见作者之心与农民连成一片。全篇充满欢乐气氛，语言明快之至。方回曰：“三、四已佳，五、六又下得‘应’字‘最’字有精神。”纪昀曰：“精神饱满，一结尤完足酣畅。”俱为中肯之论。

抚州呈韩子苍待制〔一〕

一时翰墨颇横流，谁以斯文坐镇浮？〔二〕
后学不虚称吏部，此生曾是识荆州。〔三〕

相逢未改旧青眼，　自笑无成今白头。
闻道少林新得髓，　离言语处许参不。〔四〕

【注释】

〔一〕抚州：今江西抚州市。韩子苍：见前本人小传。待制：官名，宋于殿阁皆置之，以备顾问。

〔二〕横流：水势泛滥。

〔三〕吏部：此以韩吏部比韩子苍。识荆州：表示对人敬慕之意。语本李白《与韩荆州书》："但愿一识韩荆州。"

〔四〕"闻道"二句：谓子苍学佛得其精髓，已欲向之求教。佛有离文字禅。少林，寺名，在登封市境。寺有面壁庵，为达摩面壁九年处。此以参禅喻学诗，宋人每谓学诗如参禅。

【说明】

韩子苍原诗有"初闻盗贼奔他境，渐见衣冠集此州"之句，时子苍与作者同在抚州。此诗上半称子苍在文学上遏制横流之功，而自幸早与之相识。下半写两人之交情，并希望在诗学上求教于他。

李泰发参政得旨自便，将归，以诗迓之

苦遭前政堕危机，　二十余年咏式微。〔一〕
天上谪仙皆欲杀，　海滨大老竟来归。〔二〕
故园松菊犹存否，　旧日人民果是非。〔三〕
最小郎君今弱冠，　别时闻道不胜衣。〔四〕

【注释】

〔一〕前政：指秦桧专朝政。杜甫诗“破胆遭前政，阴谋独秉钧”指斥李林甫。“二十余年”句：式微，衰微。式，发语词。自绍兴元年（1131）秦桧为相，至绍兴二十五年（1155）桧致仕，凡二十余年。桧对金专主投降，国益不振，所以作者有式微之叹也。

〔二〕“天上”句：杜甫诗：“不见李生久，佯狂真可哀。世人皆欲杀，吾意独怜才。”李生谓李白，白有谪仙之称。此借用以指李泰发，切合其姓。“海滨”句：《孟子·离娄》载：“伯夷辟纣，居北海之滨……太公辟纣，居东海之滨，闻文王作，兴曰：‘盍归乎来，吾闻西伯善养老者。’二老者，天下之大老也，而归之，是天下之父归之也。”此借指李泰发。

〔三〕“故园”句：用陶渊明《归去来兮辞》中“三径就荒，松菊犹存”而变化出之。“旧日”句：言李泰发之归，人民非旧，恍如隔世矣。《搜神后记》载，丁令威仙去后，化鹤归辽东，于城门华表歌曰：“有鸟有鸟丁令威，去家千年今始归。城郭如故人民非，何不学仙冢累累？”

〔四〕“最小”句：原注：谓孙婿文授。弱冠，《礼记》：“二十曰弱冠。”按古代男子二十岁成人，行冠礼。不胜衣：世谓年幼者为不胜衣，以其弱也。

【说明】

诗上半写李泰发遭贬后还朝，用李白典以咏其遭贬，用伯夷、太公典以咏其还朝，颇为雅切。下半就还朝后生慨，叹其贬谪之久。纪昀谓“首句笨，三句用杜句，生硬”。此评未必是，然于后半曰：“只闲闲感慨，笔墨却高。”则颇为中肯矣。

吕居仁力疾作诗送行，次其韵〔一〕

雪屋风窗逼岁穷，　一杯情话与谁同。〔二〕
向人寡偶无如我，　抵老相知独有公。
文字欲求千古事，　簿书还费二年功。〔三〕
新诗已佩临分语，　况复哦诗是病中。

【注释】

〔一〕力疾：竭力支持病体。

〔二〕岁穷：岁尽。

〔三〕“文字”句：用杜甫“文章千古事”诗意。簿书：文书。

【说明】

诗上半写自己与吕居仁相聚之乐，相知之深，三、四句感情亲切，笔墨宛转。下半写文字求传之千古，惜为簿书所缚，不得专力于此，而以感谢其赠诗作结。

寓居吴兴〔一〕

相对真成泣楚囚，　遂无末策到神州。〔二〕
但知绕树如飞鹊，　不解营巢似拙鸠。〔三〕
江北江南犹断绝，　秋风秋雨敢淹留。〔四〕
低回又作荆州梦，　落日孤云始欲愁。〔五〕

【注释】

〔一〕吴兴：今浙江吴兴。

〔二〕楚囚：语出《左传》，本指郑人所献晋国之南冠而絷者，后以为窘迫无计者之称。“遂无”句：谓自己不能为收复中原而出谋划策。

〔三〕绕树如飞鹊：语本曹操《短歌行》：“月明星稀，乌鹊南飞。绕树三匝，何枝可依？”以况己之不能安居。营巢似拙鸠：古称鸠为拙鸟，以其不善营巢，取他鸟巢居之。以况己之寄寓于人。

〔四〕“江北”句：中原在江北，意谓中原已沦于金，不能再至其地，是与江南隔绝矣。秋风秋雨：似有寓意，大抵言金人蠢蠢欲动也。

〔五〕低回：犹徘徊，含有思念之意。荆州梦：作者即将去荆州任提举湖北路茶盐。落日孤云：东坡诗：“胶西高处望西川，应在孤云落照边。”孤云落照指西川，与落日孤云指荆州者不同，但词语则此出于彼耳。

【说明】

此诗写有感于国事之可忧，己既无策以纾难，又迫于生计，转徙无定，今又将去荆州就职，而中原恐无再见之日，故不禁西望生愁也。

壬戌岁除作，明朝六十岁矣〔一〕

禅室萧然丈室空，　薰销火冷闭门中。〔二〕
光阴又似烛见跋，　学问只如船逆风。〔三〕

一岁临分惊老大，　五更相守笑儿童。〔四〕
休言四十明朝过，　看取霜髯六十翁。〔五〕

【注释】

〔一〕壬戌：绍兴十二年（1142）。

〔二〕禅室：指上饶广教寺，当时作者寓居于此。

〔三〕烛见跋：足后曰跋，烧烛见跋，谓烛将烧尽。船逆风：逆风中行船，前进甚难。

〔四〕一岁临分：指除夕，谓旧岁即将离人间而去。"五更"句：古人有守岁之习，即除夕终夜不眠。东坡《守岁》云："儿童强不睡，相守夜欢哗。"笑儿童，谓作者笑儿童守岁不眠，自己无此兴致，含有伤老之意。

〔五〕"休言"二句：上句后五字全用杜甫《杜位宅守岁》诗中语。二句言我非如杜甫所谓"四十明朝过"，乃是六十明朝过也。

【说明】

诗上半写寓居禅房，已到岁除，而学问之进步甚难。下半写兹当岁除，儿童守夜，兴趣正浓，与己之悲伤老大者不同，两相对比，感慨特深。

癸未八月十四日至十六夜月色皆佳〔一〕

年年岁岁望中秋，　岁岁年年雾雨愁。
凉月风光三夜好，　老夫怀抱一生休。〔二〕

明时谅费银河洗，　缺处应须玉斧修。〔三〕

京洛胡尘满人眼，　不知能似浙江不。

【注释】

〔一〕癸未：宋孝宗隆兴元年（1163），时作者年八十，居临安，为左太中大夫。

〔二〕“凉月”二句：言连逢三夜月色如此之佳，老夫一生可以休矣，意在突出三夜之极端难得与可爱。老夫：作者自称。

〔三〕“明时”句：已摄取七句之意，谓京洛月色，为胡尘所染污，故须用银河水洗之，盖寄意于中原之收复也。“缺处”句：小说家言，吴刚以斧伐月中桂树，因有“玉斧修月”之说。喻指中原沦敌，金瓯已缺，故须以武力复之。

【说明】

诗上半写多年中秋无月，而今年连三夜月色皆佳，作者对此，心情无比舒畅。下半联想到中原沦陷，月色暗淡，月轮有缺，须借银河以洗之、玉斧以修之。作者于此寄托收复河山之意，其爱国之心亦从可见矣。

竹坞〔一〕

烟雨百余年，　茅茨数间屋。〔二〕

中有在家僧，　萧然如此竹。〔三〕

【注释】

〔一〕坞（wù）：山之四方高而中间低者。

〔二〕茅茨：皆草名，以之盖屋。

〔三〕在家僧：作者自称，谓谢绝尘缘如僧，但不出家，非真僧也。萧然：恬淡，闲散。

【说明】

题为竹坞，实以竹比人，此作者人品之表现。语短而味永。

曾宏甫见过，因问讯鞓红花，则云已落矣，惊呼之余，戏成三首〔一〕（选一）

南渡年来两鬓霜，　牡丹芍药但他乡。〔二〕
即从江水浮淮水，　便上维扬向洛阳。〔三〕

【注释】

〔一〕曾宏甫：曾淳字宏甫，南丰人。鞓（tīng）红：牡丹之一种。

〔二〕南渡：金兵侵占汴京之后，继续前进，宋王朝渡江而南，以临安为临时京都。芍药：植物名。

〔三〕“即从”二句：用杜甫“即从巴峡穿巫峡，便下襄阳向洛阳”句律。

【说明】

诗写在他乡见到牡丹、芍药，从而念及洛阳之牡丹、芍药。三、四句表现作者之幻想，可见其思乡之切。

题陆务观草堂〔一〕

草堂人去客来游，　竹笕泉鸣山更幽。〔二〕
向使经营无陆子，　残僧古寺不宜秋。

【注释】

〔一〕陆务观：陆游字务观，尝从曾幾学。

〔二〕竹笕（jiǎn）：所以通水者，以竹为之。山更幽：与古人“鸟鸣山更幽”同一写法。

【说明】

诗写陆游经营草堂之功，今彼已离去，遗后来者以游览胜地，旨在表现环境因人而美。

陈与义

陈与义（1090—1139），字去非，号简斋，宋洛阳人。登政和三年（1113）上舍甲科，绍兴中官至参知政事。曾作《墨梅》诗见知于徽宗。后又以“客子光阴诗卷里，杏花消息雨声中”之句为高宗所赏。

简斋诗源出豫章，而风格遒上，思力沉挚，自辟蹊径。方回提出“一祖三宗”之说，而简斋为“三宗”之一。纪昀称其诗“然就江西派中言之，则庭坚之下，师道之上”，可谓的评。其实，简斋诗之最佳者，为汴京板荡以后，流落湖南间感时抚事之作，慷慨激越，寄托遥深，往往突过古人。有《简斋集》。

杂书示陈国佐、胡元茂四首〔一〕（选二）

一官专为口，俯仰汗我颜。〔二〕
顾将千日饥，换此三岁闲。
冥冥云表鹤，时节自往还。
不忧稻粱绝，忧在罗网间。

绝胜杜拾遗，一饱常间关。〔三〕
晚知儒冠误，犹恋终南山。〔四〕

【注释】

〔一〕陈国佐：陈公辅字国佐，天台人，曾任侍郎。胡元茂：胡松年字元茂，毗陵人，任签书枢密院。

〔二〕“一官”句：东坡《食荔枝》：“我生涉世本为口，一官久已轻莼鲈。”汗颜：惭愧。因心中感到惭愧，故面上出汗。

〔三〕杜拾遗：杜甫尝任左拾遗。间关：艰难。

〔四〕“晚知”二句：同出杜甫《奉赠韦左丞丈二十二韵》：“儒冠多误身”“尚怜终南山”。按终南山在长安之南，杜甫以代长安，谓临去时犹生依恋之情，欲于此求得官职也。

【说明】

此诗政和五年（1115）任开德府教授作。诗写为学官之清闲与祸患之可免，绝胜杜甫在长安之一饱不得，犹临去迟回，贪图仕宦也。

昔吾同年友，壮志各南溟。〔一〕
十年风雨过，见此落落星。〔二〕
秀者吾元茂，众器见鼎铏。〔三〕
许身稷契间，不但醉六经。〔四〕
时逢下车揖，慰我两眼青。〔五〕
勿忧事不理，伯始在朝廷。〔六〕

【注释】

〔一〕同年友：作者与陈国佐、胡元茂同登政和三年（1113）上舍第，故称同年友。南溟：南海。《庄子·逍遥游》载，北冥有鱼，其名为鲲，化而为鸟，其名为鹏，徙于南溟。故通常以怀有大志者曰“徙南溟”。

〔二〕风雨过：言过去之速。落落：稀疏。

〔三〕“众器”句：谓在许多器皿中元茂是鼎、铏，比喻他最为秀出。鼎、铏，俱食器。

〔四〕“许身”句：以稷契自许。醉六经：沉醉于六经，好之甚也。六经，指《诗》《书》《礼》《易》《乐》《春秋》。

〔五〕下车揖：曾慥《类说》载，粤人结交，盟曰：“卿乘车，我戴笠，后日相逢下车揖。”言富贵不忘旧交。两眼青：阮籍能为青白眼，青眼对待可喜之人。

〔六〕伯始：后汉胡广字伯始。当时京师谚曰：“万事不理问伯始。”此借指胡元茂，切合其姓。

【说明】

此诗咏胡元茂，叹当时同年登科之友，各怀壮志，今十稔忽过，已寥落如晨星矣。唯元茂硕果尚存，既深于学，复切用世，他日青云得路，当敷政优优，且不我忘也。

书怀示友十首（选二）

有钱可使鬼，　无钱鬼揶揄。〔一〕
百年堂前燕，　万事屋上乌。〔二〕

微官不救饥，　出处违壮图。
相牛岂无经，　种树亦有书。[三]
如何求二顷，　归卧渊明庐。[四]
曝背对青山，　鸟鸣人意舒。[五]
试数门前客，　终岁几覆车。

【注释】

〔一〕“有钱”句：晋鲁褒《钱神论》：“有钱可使鬼。”“无钱”句：《晋阳秋》载，罗友家贫，乞禄于桓温曰：“于中路逢一鬼，大见揶揄，云：‘我只见汝送人作郡，何以不见人送汝作郡。’”

〔二〕“百年”句：言人不能长保富贵。刘禹锡《乌衣巷》：“旧时王谢堂前燕，飞入寻常百姓家。”“万事”句：《说苑》载太公曰：“爱其人者，兼屋上之乌。”

〔三〕相牛经：出甯戚，见《世说新语》。种树书：李斯建焚书之议，所不去者，医药卜筮种树之书。

〔四〕二顷：《史记·苏秦列传》：“使我有洛阳负郭田二顷，吾岂能佩六国相印乎？”渊明庐：陶渊明《读山海经》：“吾亦爱吾庐。”

〔五〕曝背：《列子·杨朱》篇载，宋有田夫，自曝于日，谓其妻曰：“负日之暄，人莫知者。以献吾君，将有重赏。”

【说明】

此诗政和七年（1117）秋冬间，简斋闲居汴京时作。上四句勾画汴京之黑暗图景，下八句言有志归隐，可以自得其乐，免覆车之虞。

青青堂西竹，　岁寒不缁磷。〔一〕
蓬蒿众小中，　拭眼见长身。〔二〕
澹然冬日影，　此处极可人。〔三〕
子猷幸见过，　一洗声色尘。〔四〕

【注释】

〔一〕不缁磷（zī lín）：《论语》："不曰坚乎，磨而不磷；不曰白乎，涅而不缁。"磷，薄也；缁，黑也。意谓永不变质，竹经岁寒，其颜色犹青青也。

〔二〕长身：指竹。

〔三〕可人：本谓人之性行可取者，此处言竹之令人可爱。

〔四〕子猷：王献之字子猷。吴中一士大夫家有好竹，子猷便坐舆造竹下，讽啸良久。声色尘：声色，指歌舞华丽之事，此皆足以污浊人之心灵，故曰尘。

【说明】

此诗咏竹，言竹可以使人胸无俗尘，一身清净。作者殆以竹自况欤？

观我斋再分韵得"下"字〔一〕

一慵缚两脚，　闭户了晨夜。
梦攀城西树，　起造君子舍。〔二〕
紫髯出堂堂，　见客披衣谢。〔三〕
平生功名手，　嗜静如食蔗。〔四〕

小斋剧冰壶，　中明外无罅。
要知日用事，　趺坐看鸟下。[五]
主人心了了，　竹石亦闲暇。[六]
儿童惯看客，　我车当日驾。
平分斋中闲，　风月不待借。
还须酒屡费，　不用牛心炙。[七]

【注释】

〔一〕观我斋：吴学士斋名。吴学士字粹老，名不详。再分韵：此篇前有《同叔易于观我斋分韵得“自”字》诗。两篇俱宣和四年（1122）汝州作。

〔二〕君子舍：指观我斋。

〔三〕紫髯：指吴学士。

〔四〕食蔗：顾恺之每食蔗，常自尾至本，云渐入佳境。

〔五〕日用事：谓日常所用物事。此处即指下句“趺坐看鸟下”。趺坐：跏趺坐，佛之坐法，交结左右足背，加于左右股上。

〔六〕了了：明白，晓解。

〔七〕牛心炙：烤牛心，美味。

【说明】

诗写吴学士之为人，不爱功名，好静乐闲，观物得妙。作者与之志同道合，故欲日遣其门，偕为方外之游。意度萧散，笔致闲雅。

夏日集葆真池上，以“绿阴生昼静”赋诗，得“静”字〔一〕

清池不受暑，　幽讨起予病。〔二〕
长安车辙边，　有此荷万柄。
是身惟可懒，　共寄无尽兴。
鱼游水底凉，　鸟宿林间静。
谈余日亭午，　树影一时正。〔三〕
清风不负客，　意重百金赠。
聊将两鬓蓬，　起照千丈镜。〔四〕
微波喜摇人，　小立待其定。
梁王今何许？　柳色几衰盛？〔五〕
人生行乐耳，　诗律已其剩。〔六〕
邂逅一樽酒，　它年五君咏。〔七〕
重期踏月来，　夜半啸烟艇。

【注释】

〔一〕葆真池：汴京有葆真宫，宫有池。绿阴生昼静：韦应物《游开元精舍》诗中句。

〔二〕幽讨：同幽寻。杜甫诗：“脱身事幽讨”。

〔三〕亭午：正午。

〔四〕两鬓蓬：言两鬓如蓬之乱。千丈镜：指葆真池，千丈言其大，镜言其清明。

〔五〕梁王：指梁惠王，惠王曾徙都大梁。世传葆真池即梁王故沼。

〔六〕“人生”句：杨恽歌中句，见《报孙会宗书》。

〔七〕五君咏：颜延之诗篇名。五君指嵇康、向秀、刘伶、阮籍、阮咸。此指简斋与其余四人分韵赋诗之作。

【说明】

洪迈《容斋随笔》曰：“(陈简斋)尝以夏日偕五同舍集葆真宫池上避暑，取‘绿阴生昼静’分韵赋诗，陈得“静”字……诗成出示，坐上皆诧为擅场。朱新仲时亲见之，云京师无人不传写也。”可见此诗在当时已脍炙人口矣。诗分三层：前六句为一层，写夏日出游葆真池，闹市中有此胜境，足供幽寻；中十句为一层，写葆真池风物之胜概及游览之乐趣；后八句为一层，叹世事之变化，人寿之易尽，行乐及时，期望重来。笔致闲雅，是得力于韦应物者。

夜赋

泊舟华容县，　湖水终夜明。〔一〕
凄然不能寐，　左右菰蒲声。
穷途事多违，　胜处亦心惊。〔二〕
三更萤火闹，　万里天河横。
阿瞒狼狈地，　山泽空峥嵘。〔三〕
强弱与兴衰，　今古莽难评。
腐儒忧平世，　况复值甲兵。〔四〕
终然无寸策，　白发满头生。

【注释】

〔一〕华容：县名，今隶湖南省。

〔二〕穷途：《魏氏春秋》："阮籍常率意独驾，不由径路，车迹所穷，辄痛苦而反。"

〔三〕"阿瞒"句：曹操小字阿瞒。按史，建安十二年（207），刘备与周瑜、程普等水军数万，与曹操战于赤壁，大破之，焚其舟船，追至南郡，时又疾疫，曹军多死，操遂引归。华容，即南郡属县。

〔四〕腐儒：杜甫常自称腐儒。此处作者自指。平世：治世。

【说明】

此诗写曹操败走华容之事，而意在言外，希望宋之于金，能以弱胜强。但宋无用兵意，故作者为国事而生愁。

题许道宁画〔一〕

满眼长江水，　苍然何郡山。
向来万里意，　今在一窗间。〔二〕
众木俱含晚，　孤云遂不还。
此中有佳句，　吟断不相关。〔三〕

【注释】

〔一〕许道宁：宋河间人，一作长安人，善画，自成一家。

〔二〕"向来"二句：山谷《以椰子茶瓶寄德孺》："往时万里物，今在篱落间。"此用其句式。

〔三〕“此中”句：陶渊明《饮酒》：“此中有真意。”

【说明】

诗前四句写画中山水，尺幅有万里之势。颈联写暮景，回应“苍然”。“孤云”句反用李白《春日独酌》诗：“落日孤云还。”末联写作诗，谓画中景非笔墨所能传出，既极赞画之神妙，又自惭诗之拙。起笔突兀，通体气势雄浑，最有杜意。

连雨书事四首（选二）

九月逢连雨，　萧萧稳送秋。〔一〕
龙公无乃倦，　客子不胜愁。〔二〕
云气昏城壁，　钟声咽寺楼。
年年授衣节，　牢落向他州。〔三〕

【注释】

〔一〕九月：指宣和三年（1121）九月，时作者丁内艰，居汝州。萧萧：雨声。

〔二〕龙公：掌管兴云布雨之神。

〔三〕授衣节：指九月。《诗·七月》：“九月授衣。”牢落：辽落，流落。

【说明】

诗为久雨而作。先写秋雨连绵，使人生愁。后写久雨中所见闻之物状及作客情绪。纪昀曰：“六句从工部‘钟鼓报新晴’意对面化出。”实则全诗沉着苍劲，逼近老杜，不止一二句之脱化而已。

白菊生新紫，黄芜失旧青。〔一〕
俱含岁晚恨，并入夜深听。
梦寐连萧瑟，更筹乱晦冥。〔二〕
云移过吴越，应为洗余腥。〔三〕

【注释】

〔一〕芜：芜菁，植物名。

〔二〕萧瑟：雨声。

〔三〕“云移”二句：胡穉笺：“此诗盖指庚子年事。”中斋云：“时方腊破数州始平。”杜甫《喜雨》云：“安得鞭雷公，滂沱洗吴越。”为此二句所本。

【说明】

在连雨中菊花已由白变紫，芜菁已失青成黄，俱表明时届岁晚。萧瑟之声，夜不成眠，故浮想联翩，竟欲趁方腊初平之际，移雨过吴越，以洗涤“余腥”矣。纪昀评曰：“起四句沉着，结亦切实，亦阔远。”

道中寒食二首〔一〕

飞絮春犹冷，离家食更寒。
能供几岁月，不办了悲欢。

刺史葡萄酒，先生苜蓿盘。〔二〕
一官违壮节，百虑集征鞍。

【注释】

〔一〕寒食：去冬至一百五日，谓之寒食，见《荆楚岁时记》。

〔二〕“刺史”句：后汉孟佗以葡萄一斗遗张让，让即拜佗为凉州刺史，见《后汉书·张让传》注。苜蓿盘：唐薛令之诗：“朝日出团团，照见先生盘。盘中何所有？苜蓿长阑干。”苜蓿，植物名，可食。

【说明】

此诗宣和四年（1122）简斋自汝州归洛阳作。先写寒食道中触景兴怀，百无聊赖。后写清贫生活，素志多违，盖不胜身世之感矣。风格劲峭，纪昀以为“逼近山谷”，诚然。

斗粟淹吾驾，浮云笑此生。〔一〕
有诗酬岁月，无梦到功名。
客里逢归雁，愁边有乱莺。
杨花不解事，更作倚风轻。

【注释】

〔一〕斗粟：言俸禄之微薄。淹：滞留。“浮云”句：言此生如浮云之飘空，转眼即逝。

【说明】

诗人归洛，以常情言，当为可喜之事。但因尚未得仕，故见归雁，闻乱莺，亦触发愁绪；而杨花之飘风，又似自鸣得意，戏弄于己也。纪昀曰：“后四句，意境笔路皆佳，绰有工部神味，而又非相袭。”

试院书怀

细读平安字，　愁边失岁华。〔一〕
疏疏一帘雨，　淡淡满枝花。
投老诗成癖，　经春梦到家。
茫然十年事，　倚杖数栖鸦。〔二〕

【注释】

〔一〕平安字：胡穉笺：“今试院有平安历。”

〔二〕栖鸦：言时已晚。

【说明】

此诗简斋于宣和六年（1124）任司勋员外郎为省闱考官时作。凡省试，例须锁院，不与外人接。诗写锁院生活，前四句叙节物，后四句抒情怀，隐含仕路偃蹇之意。末另出一意作结，盖本于老杜“注目寒江倚山阁”、山谷“出门一笑大江横”也。

雨

沙岸残春雨，　茅檐古镇官。〔一〕
一时花带泪，　万里客凭栏。

日晚蔷薇重，　楼高燕子寒。〔二〕
惜无陶谢手，　尽力破忧端。〔三〕

【注释】

〔一〕古镇：指陈留镇，时作者监陈留酒税。

〔二〕蔷薇重：蔷薇为雨所沾湿，故重，用杜甫“花重锦官城”诗意。

〔三〕陶谢：指陶渊明、谢灵运。杜诗：“焉得思如陶谢手，令渠述作与同游。”

【说明】

写雨中凭栏所见景物，皆与雨相关。而独唱无和，徒增愁绪。刘辰翁谓此诗为集中之冠，纪昀曰：“深稳而清切，简斋完美之篇。”均评价极高。

别伯共〔一〕

樽酒相逢地，　江枫欲尽时。〔二〕
犹能十日客，　共出数年诗。
供世无筋力，　惊心有别离。
好为南极柱，　深慰旅人悲。〔三〕

【注释】

〔一〕伯共：向子諲字伯共，临江人，时为潭州帅。简斋于离开长沙时，赠以此诗。

〔二〕相逢地：言在长沙相逢。

〔三〕南极柱：《楚辞·天问》注："天有八山为柱。"此言伯共镇潭，如擎天之柱，可保无虞。

【说明】

诗首写作者与伯共相见长沙。五、六句写己身之衰及与伯共作别。七、八句写伯共为南天砥柱，使作者感到欣慰。聚散悲欢之情，跃然纸上。结处尤见作者所关注者为一国之安危也。

渡江〔一〕

江南非不好，　楚客自生哀。〔二〕
摇楫天平渡，　迎人树欲来。
雨余吴岫立，　日照海门开。〔三〕
虽异中原险，　方隅亦壮哉！

【注释】

〔一〕江：指钱塘江。

〔二〕"江南"二句：庾信仕梁，以聘西魏，留长安，因仕于周，常有乡关之思，乃作《哀江南赋》以致意。此处盖作者引古人以自喻也。

〔三〕吴岫（xiù）：吴山，在杭州。海门：指钱塘江入海处。

【说明】

此诗是作者自会稽还临安渡钱塘江时作。三、四句写近景，五、六句写远景。景中寓情。意谓方隅虽壮，有山川可为屏障，然远不如中原之险。而宋王朝竟不以偏安为耻，无意北伐，令人短气。查慎行谓“结语微含讽意”，盖即指此。

感事

丧乱那堪说，　干戈竟未休。
公卿危左衽，　江汉故东流。〔一〕
风断黄龙府，　云移白鹭洲。〔二〕
云何舒国步，　持底副君忧。〔三〕
世事非难料，　吾生本自浮。
菊花纷四野，　作意为谁秋！

【注释】

〔一〕左衽：夷服，衣襟向左。“江汉”句：取《禹贡》“江汉朝宗于海”之意，谓外族终当归服于宋。

〔二〕黄龙府：谓宋徽、钦二宗为金所掳囚。白鹭洲：谓宋高宗在金陵。

〔三〕国步：国运。底：何。

【说明】

此诗作者于建炎三年（1130）在邓州作。时宋徽、钦二宗早已被掳北去，高宗幸建康府，国家正当危亡之秋，故作者触景兴怀，不觉其言之悲切。刘克庄以为“颇逼老杜”。纪昀亦云：“此诗真有杜意，乃气味似，非面貌似也。”盖家国之痛，二人固有相同者矣。

雨晴

天缺西南江面清，　纤云不动小滩横。〔一〕
墙头语鹊衣犹湿，　楼外残雷气未平。
尽取微凉供稳睡，　急搜奇句报新晴。
今宵绝胜无人共，　卧看星河尽意明。

【注释】

〔一〕天缺：因“纤云不动”，天有为云所遮处，故觉天缺。

【说明】

诗写雨过初晴景象，极为精切。作者当此，心境舒适，不觉入睡，追醒已晚，星河烂然。此一段光景，真不可多得也。纪昀曰：“三四眼前景而写来新警。”诚为的评。然通篇皆清新可喜，允称力作。

对酒

新诗满眼不能裁，　鸟度云移落酒杯。
官里簿书无日了，　楼头风雨见秋来。〔一〕
是非衮衮书生老，　岁月匆匆燕子回。〔二〕
笑抚江南竹根枕，　一樽呼起鼻中雷。〔三〕

【注释】

〔一〕“官里”句：晋夏侯济曰：“生子痴，了官事。官事未易了也。”

〔二〕衮衮：繁多。

〔三〕鼻中雷：鼾声如雷。韩愈《石鼎联句诗序》：“道士倚墙睡，鼻息如雷鸣。”

【说明】

诗一、二句写饮酒，中四句写为文书所困，转眼已秋，不胜迟暮之感。七、八句写醉眠，回应起处。笔致闲雅，悠然意远。“官里”一联，尤为人所传诵。

招张仲宗〔一〕

北风日日吹茅屋，　幽子朝朝只地炉。〔二〕
客里赖诗增意气，　老来唯懒是工夫。
空庭乔木无时事，　残雪疏篱当画图。
亦有张侯能共此，　焚香相待莫徐驱。

【注释】

〔一〕张仲宗：张元幹字仲宗，宋长乐人。

〔二〕幽子：作者自指。

【说明】

诗前六句写作者幽居生活：地炉取暖，老懒吟诗，眼前风物，又是自娱。末二句招张仲宗来临，得共优游，别具兴致，淡泊自甘，笔下宛然。

秋日客思

南北东西俱我乡， 聊从地主借绳床。〔一〕
诸公共得何侯力， 远客新抄陆氏方。〔二〕
老去事多藜杖在， 夜来秋到叶声长。
蓬莱可托无因至， 试觅人间千仞冈。〔三〕

【注释】

〔一〕“南北”句：《礼记·檀弓》：“丘也，东西南北之人也。”绳床：坐具，亦称胡床。

〔二〕何侯力：后汉何武好奖士类，荐龚胜、龚舍、唐林、唐遵于朝廷，故谓此人显于世者，何侯力也。远客：作者自指。陆氏方：《新唐书·陆贽传》：“既放荒远，常阖户，人不识其面，又避谤不著书，地苦瘴疠，只为《今古集验方》五十篇以示乡人云。”

〔三〕蓬莱：渤海中三神山之一。千仞冈：左思《咏史》：“振衣千仞冈，濯足万里流。”

【说明】

诗上半写客中生活，时作者避金寇入襄汉，间关道路，又多疾病。五、六句写老境逢秋，触事兴感。七、八句从“诸公”句来，有寄托，谓官不可得，则遁迹山林尔。

送客出城西

邓州谁亦解丹青，　画我羸骖晚出城。〔一〕
残年政尔供愁了，　末路那堪送客行。〔二〕
寒日满川分众色，　暮林无叶寄秋声。
垂鞭归去重回首，　意落西南计未成。

【注释】

〔一〕邓州：今河南邓州。羸骖（léi cān）：瘦马。骖，马之在车左者，此即指马。

〔二〕末路：本谓最后一段路程，此以喻人之失志。

【说明】

此诗作于邓州，作者避寇乱至此。先写残年送客，情所难堪。五、六句写秋景，描绘精妍。七、八句叹未成西南之行，客人独去，不得与偕。方回曰："五、六一联绝妙。"纪昀曰："简斋风骨自不同，六句警绝，前人未道。"评语皆中肯。

除夜二首（选一）

城中爆竹已残更，　朔吹翻江意未平。〔一〕
多事鬓毛随节换，　尽情灯火向人明。
比量旧岁聊堪喜，　流转殊方又可惊。〔二〕
明日岳阳楼上去，　岛烟湖雾看春生。〔三〕

【注释】

〔一〕残更：一夜五更，已到五更时候，天将晓矣。韩愈有“更五点”之句。朔吹：北风。

〔二〕比量：比较。殊方：指岳州，时作者流寓在此。

〔三〕岛：指君山。湖：指洞庭湖。

【说明】

流亡之人，至除夜而添愁。人在乱离中衰老，夜不能寐，只有寒灯作伴，似相慰者。以现状论，虽比去年略好，但仍然转徙在外，不知何日可以北归。明日岁序更新，准拟登岳阳楼，一望洞庭春色，盖寄意于国家之将复兴矣。纪昀曰：“气机生动，语亦清老，结有神致。”

雨中对酒，庭下海棠经雨不谢

巴陵二月客添衣，　草草杯觞恨醉迟。〔一〕
燕子不禁连夜雨，　海棠犹待老夫诗。〔二〕
天翻地覆伤春色，　齿豁头童祝圣时。〔三〕
白竹篱前湖海阔，　茫茫身世两堪悲。

【注释】

〔一〕巴陵：岳州。

〔二〕老夫：作者自称。

〔三〕天翻地覆：言形势发生巨大变化。齿豁头童：言齿落发脱，此老者之象征。韩愈《进学解》：“头童齿豁。”

【说明】

诗上半写客中生活，完题面。恨醉迟者，谓饮酒难醉，消愁不得，已摄取下半伤感之意。因国家危急，故虽见春色而心伤，犹杜甫所谓“感时花溅泪”也。但作者仍寄以极大希望，谓平乱复国有期，具见其爱国之切矣。纪昀曰：“意境深阔。题外燕子对题内海棠，不觉添出，用笔灵妙。”

次韵尹潜感怀〔一〕

胡儿又看绕淮春，　叹息犹为国有人。〔二〕
可使翠华周宇县，　谁持白羽静风尘。〔三〕
五年天地无穷事，　万里江湖见在身。
共说金陵龙虎气，　放臣迷路感烟津。〔四〕

【注释】

〔一〕尹潜：周莘字尹潜。

〔二〕“胡儿”句：意谓当此春日，我等又看到金兵侵入淮河流域。“绕淮春”者，春之时金兵绕淮也。林庚、冯沅君主编《中国历代诗歌选》释“绕淮春”为淮水“附近的春色”，亦通。“叹息”句：用贾谊《治安策》：“犹为国有人乎？”盖伤国家之无人也。

〔三〕翠华：皇帝车驾所用翠羽为饰之旗。宇县：天下。白羽：指白羽扇。相传诸葛亮常持白羽扇指挥军事。

〔四〕金陵龙虎气：金陵即江宁，今南京市。诸葛亮尝谓孙权曰：“钟山龙蟠，石城虎踞，真帝王都也。”放臣：逐臣，作者自称。迷路感烟津：意谓在流亡道中不知往何处是好，有茫然无所归之感。

【说明】

此诗作于建炎三年（1130），作者正避乱襄汉，转徙湖南之际。时金兵陷徐泗楚扬诸州，故深为忧虑，发愤写此，既痛斥金人之侵掠，又批判朝廷之无能，年深月久，不见转机，流亡道路，何所底止！感情激荡，笔墨深至，允称杰作。

伤春

庙堂无策可平戎，　坐使甘泉照夕烽。〔一〕
初怪上都闻战马，　岂知穷海看飞龙。〔二〕
孤臣霜发三千丈，　每岁烟花一万重。〔三〕
稍喜长沙向延阁，　疲兵敢犯犬羊锋。〔四〕

【注释】

〔一〕庙堂：朝廷。戎：指金寇。甘泉：汉宫名，此借指宋宫。夕烽：外敌入侵，边境告警，夜则举烽，昼则举燧。

〔二〕上都：汴京。穷海看飞龙：飞龙指宋高宗，古以龙为君象，《易》有“飞龙在天”之语。时金兵先破临安、越州，高宗逃至海上，继破明州，又逃至温州。

〔三〕孤臣：作者自称。霜发三千丈：用李白《秋浦歌》：“白发三千丈”。烟花一万重：用杜甫《伤春》诗中句。

〔四〕长沙向延阁：指长沙太守向子諲。延阁，汉代皇宫中藏书处，此借指宋秘阁。子諲曾为秘阁直学士，故有此称。犬羊：指斥金寇。

【说明】

作者为金兵步步深入而悲伤，方闻攻占汴京，如入无人之境，转眼又已渡江而南，追高宗至于明州。连年逢春，烟花满眼，却无与于作者。日坐愁城，霜雪蒙头。只有向子諲，敢于抗敌，令人精神为之一振而已。赞子諲，所以反衬庙堂之束手无策，其致慨深矣。纪昀曰："此首真有杜意。"又曰："'白发三千丈'，太白诗；'烟花一万重'，少陵句；配得恰好。"

送熊博士赴瑞安令〔一〕

衣冠衮衮相逢地，草木萧萧未变时。〔二〕
聚散同惊一枕梦，悲欢各诵十年诗。〔三〕
山林有约吾当去，天地无情子亦饥。
笑领铜章非失计，岁寒心事欲深期。〔四〕

【注释】

〔一〕熊博士：名彦诗，字叔雅，宋安仁人，尝为祠部郎，知永州。

〔二〕衮衮相逢：衮衮，繁多也。杜甫《酬孟云卿》："相逢难衮衮。"萧萧：风吹草木声。

〔三〕“聚散”句：东坡《至济南李公择以诗相迎次其韵》：“聚散细思都是梦。”“悲欢”句：白居易《岁暮寄微之》：“灯前读尽十年诗。”

〔四〕铜章：县令铜印墨绶。

【说明】

此诗简斋在平阳作。前四句写与熊博士客中相聚，后四句写送熊赴瑞安令，而以岁寒心事相期，归来偕隐。聚散悲欢之情，写来十分动人，纪昀所谓“句句沉着”也。

怀天经智老，因访之〔一〕

今年二月冻初融，睡起苕溪绿向东。〔二〕
客子光阴诗卷里，杏花消息雨声中。〔三〕
西庵禅伯还多病，北栅儒先只固穷。〔四〕
忽忆轻舟寻二子，纶巾鹤氅试春风。〔五〕

【注释】

〔一〕天经智老：指叶天经、洪智老。

〔二〕苕溪：水名，在湖州境。绿：指溪水。

〔三〕消息：用息字义，复词偏义。

〔四〕西庵禅伯：西庵为智老所居之处，禅伯为僧人之尊称。北栅儒先：北栅为天经所居之处，儒先为老儒生，对天经之尊称。

〔五〕纶（guān）巾：冠名。鹤氅（chǎng）：裘名，析羽为之，形状似鹤。

【说明】

诗上半写春日景色与个人生活情趣。三、四句见赏于高宗。范大士《历代诗发》推为“清思秀句，出于自然”。陈衍《石遗室诗话》谓“诗中皆有人在，则景而带情矣”，又《宋诗精华录》云：“视放翁之‘杏花’，气韵倜乎远矣。”评价极高。下半写往访天经、智老，表现出欢乐之情，与上半写春景正相配合。

秋夜

中庭淡月照三更，　白露洗空河汉明。
莫遣西风吹叶尽，　却愁无处著秋声。

【说明】

此诗作于宣和四年（1122）秋，时作者居丧期满，已自汝州归洛阳。诗写月明之夜，光照中庭，银河皓洁，白露如泻，使人为之心旷神怡。因爱听秋声，叮咛西风莫尽吹叶落，别饶清趣，脱去凡响。

春日二首（选一）

朝来庭树有鸣禽，　红绿扶春上远林。
忽有好诗生眼底，　安排句法已难寻。〔一〕

【注释】

〔一〕“安排”句：化用东坡诗“安排诗律追强对”与“春江有佳句，我醉堕渺茫”。

【说明】

东坡诗云：“作诗火急追亡逋，清景一失后难摹。”此言好景当前，应即时捉住，加以描绘，过后则失之渺茫。至简斋此诗，谓虽当景亦无法写入诗中，殆灵感不至邪？此本之东坡而自有新意者也。其实，春日美景已为诗人所摄取，“红绿”句意尤新奇，岂难寻之谓邪？而其言如此，亦妙语解颐矣。

邓州西轩书事十首（选二）

杨刘相倾建中乱，　不待白首今同归。〔一〕
只今将相须廉蔺，　五月荆门未解围。〔二〕

【注释】

〔一〕“杨刘”句：杨刘指杨炎、刘晏，二人相倾。初晏为尚书，治元载罪而炎坐贬。及炎执政，贬晏忠州刺史。又知庾准与晏素憾，乃擢为荆南节度使。准即奏晏与朱泚书，语言怨望，并擅取官物，胁诏使，谋作乱。炎证成之。帝遂诏中人赐晏死。建中：唐德宗年号。白首同归：潘岳《金谷集作诗》：“投分寄石友，白首同所归。”孙秀恨石崇不与绿珠，憾潘岳遇之不以礼。及秀为中书令，乃收石崇与潘岳。石先送市，潘后至，石谓潘曰：“安仁，卿亦复尔邪？”潘曰：“可谓白首同所归。”按此疑指童贯、王黼。

〔二〕"只今"句：廉蔺指廉颇、蔺相如。颇为赵破齐，为上卿。蔺相如从赵王赴渑池，与秦王会，有大功，拜上卿，位在颇右。颇羞为之下，宣言欲辱相如。相如每朝时常称病，不欲与争列。已而出，望见颇，引车避匿。舍人为相如羞之，请辞去。相如曰："夫以秦王之威，而相如廷叱之，辱其群臣，相如虽驽，独畏廉将军哉？顾吾念之，强秦之所以不敢加兵于赵者，徒以吾两人在也。今两虎共斗，其势不俱生，吾所以为此者，以先国家之急而后私仇也。"颇闻之，肉袒负荆谢罪，遂为刎颈之交。"五月"句：《靖康要录》载，太原自宣和七年（1125）十二月初被围，至明年九月。

【说明】

宣和之末，朝政益紊，宰辅相倾，百姓重困，金兵入侵。宣和七年十二月徽宗禅位于钦宗，明年正月改元靖康。《邓州西轩书事》即是年所作，故第一首云："皇帝行天第一春。"先是金兵分两路进攻，一路自西京入太原，一路自南京入燕山路。元年（1126）五月，金兵围太原，宰执唯务避敌，议欲奉乘舆出逃。简斋追原祸始，由于宰辅各怀忮心，故痛切言之，然犹冀其捐弃嫌隙，如廉蔺之交欢也。

范公深忧天下日，　仁祖爱民全盛年。〔一〕

遗庙只今香火冷，　时时风叶一骚然。〔二〕

【注释】

〔一〕"范公"句：范公指范仲淹。欧阳修为作神道碑，载仲淹常自诵曰："士当先天下之忧而忧，后天下之乐而乐也。"

〔二〕遗庙：范仲淹庆历间守邓三年，有惠政，民立祠祀之。

【说明】

范仲淹当仁宗盛时，忧西夏为患，乞城京师，其深谋远虑如此。言外之意，即以反衬当时将相庸碌，无以国家急难为忧者。仲淹遗庙，香火已冷，一片萧条，作者于此，感慨系之矣。

题画

分明楼阁是龙门， 亦有溪流曲抱村。〔一〕
万里家山无路入， 十年心事有谁论。〔二〕

【注释】

〔一〕龙门：山名，一名伊阙，在洛阳。

〔二〕家山：家乡。十年：按作者于宣和四年（1122）因擢太学博士自洛阳入京，至绍兴二年（1132）作此诗时，恰为十年。

【说明】

因题画而思故乡，故乡早为金人所侵占，不见者十年，忧国念家，情所难堪矣。

牡丹

一自胡尘入汉关， 十年伊洛路漫漫。〔一〕
青墩溪畔龙钟客， 独立东风看牡丹。〔二〕

【注释】

〔一〕胡尘：指金兵南侵。汉关：宋防金之关隘，即边塞。伊洛：二水名，皆流经洛阳，简斋洛阳人。

〔二〕青墩溪：在青墩镇，时简斋居此。龙钟：形容老态。

【说明】

自靖康元年（1126）金人入侵，至绍兴六年（1136）作此诗时，整整十年。牡丹盛产于洛阳，最为名贵。今在临安见此花，思乡之心，油然而生。人已老，归不得，情何以堪！读此诗，可以想见作者在牡丹前作何等状态也。

参考书目

《山谷全集》 宋黄庭坚撰　任渊、史容、史温注 《四部备要》本

《后山诗注》 宋陈师道撰 《四部丛刊》本

《潘邠老小集》 宋潘大临撰 《两宋名贤小集》本

《溪堂集》 宋谢逸撰 《四库全书》本

《洪龟父集》 宋洪朋撰 《四库全书》本

《老圃集》 宋洪刍撰 《四库全书》本

《倚松老人集》 宋饶节撰 《四库全书》本

《石门文字禅》 宋僧惠洪撰 《四库全书》本

《西渡集》 宋洪炎撰 《四库全书》本

《陵阳集》 宋韩驹撰 《四库全书》本

《日涉园集》 宋李彭撰 《四库全书》本

《晁具茨先生诗集》 宋晁冲之撰　道光十年《晁氏丛书》本

《竹友集》 宋谢薖撰 《四库全书》本

《五桃轩集》 宋夏倪撰 《两宋名贤小集》本

《东莱诗集》 宋吕本中撰 《四库全书》本

《茶山集》 宋曾幾撰 《四库全书》本

《简斋集》 宋陈与义撰 《四库全书》本

《宋诗纪事》 清厉鹗撰 上海古籍出版社 1983 年出版

《宋诗钞》 清吴之振、吴自牧、吕留良辑 《万有文库》本

《黄庭坚诗选》 潘伯鹰选注 古典文学出版社 1957 年出版

《宋诗选注》 钱锺书选注 人民文学出版社 1958 年出版

《唐宋诗举要》 高步瀛选注 中华书局上海编辑所 1959 年出版

《黄庭坚和江西诗派卷资料汇编》 傅璇琮编 中华书局 1978 年出版

《江西派诗选注》 陈永正选注 中山大学出版社 1985 年出版

《宋诗鉴赏辞典》 上海辞书出版社 1987 年出版

《后山诗话》 宋陈师道撰 《四库全书》本

《王直方诗话》 宋王直方撰 《宋诗话辑佚》本

《冷斋夜话》 宋僧惠洪撰 《丛书集成初编》本

《诚斋诗话》 宋杨万里撰 《四库全书》本

《清波杂志》 宋周煇撰 《四部丛刊续编》本

《曲洧旧闻》 宋朱弁撰 《丛书集成初编》本

《扪虱新话》 宋陈善撰 《儒学警语》本

《能改斋漫录》 宋吴曾撰 中华书局上海编辑所 1960 年出版

《老学庵笔记》 宋陆游撰　中华书局 1979 年出版
《猗觉寮杂记》 宋朱翌撰 《说郛》本
《云麓漫钞》 宋赵彦卫撰　古典文学出版社 1957 年出版
《竹坡诗话》 宋周紫芝撰 《历代诗话》本
《紫微诗话》 宋吕本中撰 《历代诗话》本
《庚溪诗话》 宋陈岩肖撰 《历代诗话续编》本
《艇斋诗话》 宋曾季貍撰 《历代诗话续编》本
《后村诗话》 宋刘克庄撰 《四库全书》本
《苕溪渔隐丛话》 宋胡仔撰 《四库全书》本
《滹南诗话》 金王若虚撰　人民文学出版社 1983 年出版
《说诗晬语》 清沈德潜撰　中华书局 1955 年出版
《昭昧詹言》 清方东树撰　人民文学出版社 1961 年出版